Per Françoise e la sua associazione
di Savigny le Temple,
per tutti i club di lettura che combattono
contro l'analfabetismo
e diffondono la passione per la lettura.

Per Fatima Zohra, Karima, Thakun, Jabin, Amara,
Thanusha, Maria de Fatima, Marie, Waliya,
perché, al «primo libro della loro vita»,
ne seguiranno mille altri!

E per tutti coloro il cui primo libro è stato
Mémé dans les orties, En voiture, Simone!
o questo che state leggendo!

1

Buon anno… come no!

ROSE detestava i veglioni di Capodanno. Soprattutto quando li passava da sola. Per tirarsi su di morale, alla fine del famigerato conto alla rovescia di mezzanotte e al suo corredo di promesse, afferrò il cellulare nella speranza di trovare un messaggio del figlio. Niente. Si avvicinò alla finestra, augurandosi di intravedere in lontananza la sua sagoma. Macché, nessuno, a parte il gatto nero della vicina, che scelse proprio quel momento per attraversare la strada sotto i suoi occhi.

Ci mancava solo questo!

Per scongiurare il malocchio, prese la guida tv e consultò l'oroscopo: tanto per cominciare, Giove nel 2016 l'avrebbe messa nei guai! Per le Vergini le previsioni erano nettamente meno entusiasmanti di quelle del 2015: era l'anno dei cambiamenti, ma in amore *niet! Nada!* Tanto per cambiare.

Di questo passo, tanto varrebbe farsi suora!

Nell'ora dei buoni propositi, che si dissotterrano il 1° gennaio e si sotterrano di nuovo il prima possibile, Rose prese una decisione importante mentre buttava nel cassonetto dell'immondizia i resti dei piatti Picard consumati nelle serate precedenti. Si dava dodici mesi di tempo per recuperare il controllo della sua vita. Famiglia, soldi, amore e lavoro: tutto sarebbe andato per il meglio. Bastava metterci un po' di buona volontà.

Proposito numero 1: pensare positivo e non credere più nei presagi, buoni o cattivi che siano!

Come molte persone nate sotto il segno della Vergine, Rose era iperansiosa, sempre pronta a immaginare il peggio. Una di quelle persone che per le vacanze preparano una farmacia portatile più voluminosa della valigia, per poter affrontare qualsiasi immancabile catastrofe: ustione, morso di medusa, pidocchi, torcicollo, congiuntivite, distorsione, puntura di vespa…

Collezionava pasticche per tutti i malanni possibili: mal di testa, di gola, di schiena, di pancia, dolori mestruali e altri problemi intestinali. Se prendeva anche un minimo colpo di sole, immancabilmente pensava: «L'avevo detto che mi sarebbe capitata anche questa! Tutte a me, sempre!»

La giovane donna, che aveva scarsissima fiducia nella propria capacità di giudizio, affidava al caso la maggior parte delle decisioni.

Purtroppo, quando faceva testa o croce, sceglieva sempre il lato sbagliato.

Proposito numero 2: farsi valere.

Era così discreta che finiva per passare inosservata. Ma era giunto il momento di non subire più le decisioni altrui, anche a costo di farsi violenza e di dire, finalmente, quello che aveva in mente. Il figlio non avrebbe più dettato legge, credendosi l'unico adulto di casa;

la sorella maggiore non avrebbe più potuto contare soltanto sul suo aiuto per tornare sulla retta via; i suoi datori di lavoro avrebbero smesso di considerarla a loro completa disposizione.

Doveva imparare a mordere, oltre che ad abbaiare, sebbene fosse allergica ai cani.

Proposito numero 3: andare a letto prima!

Per via del suo lavoro Rose si alzava invariabilmente alle cinque e mezzo, ma non riusciva mai ad andare a letto prima di mezzanotte passata. Risultato: la fatica le si leggeva in faccia, il che non era il massimo per sedurre. Doveva prendersi cura di sé iniziando da un tenore di vita più sano.

Sprofondata nel letto, Rose non riusciva a mollare il telefono: continuava a sperare in un SMS del figlio. A parte la sorella, messa KO dall'influenza e costretta ad annullare la cena con lei, nessuno le aveva augurato buon anno.

Quel ragazzo sta esagerando, comunque.

Baptiste, suo figlio, aveva avuto il permesso straordinario di rincasare tardi, ma avrebbe anche potuto mandarle un messaggio, almeno per tranquillizzarla. Rose sapeva di non occupare più il primo posto nel suo cuore, e da un bel pezzo. Poco importava, però: nel 2016, basta ansia! Basta solitudine! Basta insonnia!

Le 3.45!!! Di già?

2

Come una vecchia mela Granny Smith

La settimana seguente, dopo un'interminabile giornata di lavoro, Rose stava rientrando con uno degli ultimi treni diretti a Gare de Noisy-le-Grand. Fradicia e sfinita, ma felice di essere quasi a casa.

Lavorando come baby-sitter a Parigi, le capitava spesso di avere giornate lunghissime, che iniziavano alle sette e mezzo di mattina e finivano non prima delle nove e mezzo di sera. La sua via crucis tra metropolitane e treni a volte si prolungava, come quella sera, quando ci si metteva anche un dannato incidente causato da un passeggero che si buttava sui binari.

Non poteva scegliere un altro momento?! Mmh... oddio, che pensiero orribile! Mi correggo. Poveriiino!

Le vie tra la stazione e il palazzo in cui abitava erano deserte, a eccezione di un solitario operaio notturno che stava staccando le decorazioni natalizie.

Sul marciapiede Rose aveva incrociato soltanto abeti abbandonati, a cui non aveva avuto il coraggio di confessare la sorte che li attendeva. La stavano già privando delle poche gioie che allietavano, una volta all'anno, il suo tragitto serale e mattutino, ma sapeva che la radio le avrebbe rotto i timpani fino a febbraio con le canzonette pimpanti di George Michael e di Mariah Carey, che le facevano venire voglia di strozzare il primo che le capitasse a tiro.

Pensa positivo, non te ne scordare!

Decise che quel weekend sarebbe andata al cinema con il figlio.

Concedersi un piccolo piacere, di tanto in tanto, non può far male a nessuno.

Avrebbero potuto vedere l'ultimo film di Tarantino: Baptiste gliene parlava da settimane e, a giudicare dalla locandina che aveva visto in metro, era appena uscito.

La porta di casa era chiusa a doppia mandata, anche se il figlio di solito non lo faceva. Rose entrò nel piccolo trilocale e puntò subito verso la camera di Baptiste. Vuota. In soggiorno, nessun biglietto. Alle undici passate… Solo la scodella che aveva usato a colazione troneggiava ancora sul tavolino, accanto alla rivista aperta alla pagina dell'oroscopo. Anche lui, a quanto pareva, aveva voluto scoprire che cosa gli riservassero gli astri. Rose scorse le poche righe che la riguardavano: per le Vergini, quella avrebbe dovuto essere una settimana eccellente. Non se n'era accorta.

Ripose i soldi degli straordinari nella solita scatola nascosta tra le calze. Li metteva da parte per le vacanze estive, e quell'anno aveva in mente una bella sorpresa: qualche giorno a Londra con Baptiste, che se lo meritava. Era stato molto bravo alla scuola di formazione alberghiera, si era mostrato professionale, maturo, ed era praticamente certo che l'avrebbero assunto dopo lo stage. Rose andava fiera di lui e pure di se stessa: quel successo era un po' anche suo. Aveva saputo dargli una buona educazione, severa ma giusta. A differenza di tanti suoi compagni, Baptiste non aveva preso una brutta strada ed era un ragazzo gentile, certo a volte un po' ribelle, anche se alla sua età non c'era da stupirsene.

Venti minuti dopo, ancora niente. Rose borbottava tra sé. Sentire la propria voce scandire spiegazioni plausibili per l'assenza del figlio la rassicurava: «Ma no. Non gli è successo niente. Si sarà dimenticato di avvisare, può capitare. Ormai è maggiorenne e crede che gli sia tutto permesso!»

Rose prese il cellulare. Nessuna risposta al suo messaggio di prima. Lo chiamò, scattò subito la segreteria. Le undici e mezzo.

«Ma dove diavolo può essere a un'ora simile?»

Alla scuola alberghiera gli capitava di finire dopo le nove di sera, però la avvertiva sempre. Se gli fosse successo qualcosa, per lei sarebbe stato impossibile riprendersi. Quel ragazzo era tutta la sua vita.

«Perché non ha chiamato? Forse gli si è scaricata la batteria...»

Cercò freneticamente nella rubrica i numeri di telefono dei suoi amici. Freddy, Thierry, Willy. E... Jessica.

«Di nuovo lei, ci scommetto!»

In cuor suo, Rose sperava che non fosse proprio con *lei.* Da quando la frequentava, Baptiste era molto cambiato. E non in meglio. Sempre più spesso era via nel weekend, preferiva trascorrere il tempo con Jessica che a ripassare. E quando era a casa non faceva che parlare di lei.

Con Rose il clima era diventato elettrico: litigavano in continuazione. Prima di allora, non era mai stato insolente. Ma i patti erano chiari: anche se aveva compiuto diciott'anni, non aveva il permesso di restare per tutta la notte dalla sua fidanzatina. Almeno finché avesse vissuto sotto lo stesso tetto della madre. Rose aveva un'unica speranza: che Baptiste passasse alla ragazza successiva. Quella *nuora* lì non le piaceva per niente!

La giovane madre single non finiva più di imprecare. La fame aveva lasciato il posto all'ansia. Non aveva più voglia di cenare. Rose prese la scodella abbandonata e la lavò energicamente. I cereali si erano incrostati all'interno e le toccò sfregare più del solito. Sfogava la sua inquietudine su quel recipiente. Per poco non si crepò quando lo appoggiò nella credenza, in cucina. Con gesti meccanici, si preparò la tavola per la colazione: una scodella, un cucchiaio e un'arancia. Alzandosi al mattino le piaceva avere l'impressione che qualcuno avesse pensato a lei.

Nell'attesa che il suo coinquilino riapparisse, Rose si rifugiò nel letto e afferrò il peluche che troneggiava in mezzo ai cuscini, un coniglio che Baptiste le aveva regalato una decina d'anni prima per la festa della mamma. Sulla pancia di Coniglietto era ricamata la scritta: PER LA MIA CARA MAMMA, CON TANTO AMORE. Il colmo dell'ironia, dato che il figlio che non l'aveva mai chiamata «mamma». Ma non poteva prendersela con lui, perché la colpa era sua.

Talvolta (anzi, molto spesso), nel ruolo di genitori si improvvisa, dimenticando che un'azione avventata, improvvisata su due piedi, può avere conseguenze indelebili.

Rose ricordava perfettamente quel giorno. Ai suoi esordi come baby-sitter, dal momento che teneva altri bambini insieme al suo (cosa che ormai non era più consentita), gli aveva chiesto di non dire «mamma» davanti ai suoi piccoli compagni, per non dare l'impressione di essere un privilegiato.

Una decisione presa in un istante e un verdetto implacabile: nessuno l'aveva più chiamata a quel modo.

Tranne il coniglio, che stringeva nei momenti difficili, quando non aveva la forza di fingere di essere la più forte. Un peluche con cui condividere la solitudine. Un pupazzetto per mamme single.

Rose era in bagno e si stava struccando, quando sentì il rumore della chiave nella serratura. Baptiste! Benché l'ansia fosse stata scacciata dal sollievo, non poté fare a meno di strillare: «Si può sapere dove sei stato? Dovevi essere a casa tre ore fa!»

«Ciao. Ero da Jessica.»

«Avevamo detto non durante la settimana. Domani inizi alle otto e di certo mi verrai a dire che sei troppo stanco per andare a scuola.»

«Ma no, non sarò troppo stanco.»

«Perché non mi hai avvertito? Sono morta dalla paura!»

«Ma sì, non farne un dramma! La batteria era scarica, tutto qui.»

«E Jessica non ha il telefono?»

«Senti, sto morendo di fame. Non abbiamo avuto tempo di mangiare. C'è qualcosa in frigo?»

«Se vuoi ti preparo uno spuntino...»

«Adesso che ci penso, puoi darmi un po' di soldi per il pranzo di domani? Sono a secco.»

Rose sospirò e provò di nuovo la sgradevole sensazione di essere diventata un bancomat. Esitò: attaccare l'ennesimo litigio sull'argomento, o cedere e godersi quei pochi momenti insieme? Gli unici di tutta la giornata...

Gli porse cinque euro.

«Grazie... Non ne hai un po' di più? Mi piacerebbe portare Jessica al cinema a vedere l'ultimo di Tarantino, questo weekend.»

E poi? Cos'altro vuoi, ancora? Gli dai un dito e si prende il braccio!

«Non ti sembra di esagerare, adesso? Che ne hai fatto dello stipendio dello stage? Devi essere più responsabile, Baptiste!»

«Fammi capire: sono troppo grande per chiederti la paghetta e troppo piccolo per dormire dalla mia tipa?»

«Eh, già, la vita è ingiusta! E poi, questo weekend, avevo voglia di passare un po' di tempo con te. Non ci vediamo quasi più.»

«In effetti, Rose, devo dirti una cosa.»

«Non mi piace quando diventi tutto serio. Mi fai paura, Baptiste.»

«Siediti, per favore.»

«Ti avverto, di mollare la scuola non se ne parla. Stavolta vai fino in fondo!»

«No, tranquilla, non si tratta di questo...»

«Allora di che? Che cosa c'è?»

«Jessica e io abbiamo deciso di vivere insieme, mi trasferisco da lei.»

3

La vita è una battaglia

Rose aveva avuto un mancamento, il secondo in meno di ventiquattr'ore. Era seduta sul divano dei suoi datori di lavoro e aveva incominciato a vederci doppio. Sentiva una gran confusione in testa.

Ricordava di non aver chiuso occhio, quella notte, dopo la ferale notizia che le aveva dato il figlio.

Si era girata e rigirata nel letto, sforzandosi di capire. Si era tormentata fino a vedere l'alba spuntare dalla finestra della sua camera. Aveva ingenuamente creduto che alla fine i conflitti con Baptiste si sarebbero risolti. Così come la fissazione per quella maledetta Jessica. Aveva l'impressione di aver sbagliato qualcosa. Forse era stata troppo dura con lui negli ultimi tempi? Non l'aveva ascoltato abbastanza? Che genere di madre faceva fuggire il figlio? Ecco che ricominciava con il peggiore dei suoi automatismi: colpevolizzarsi.

Poi si rivedeva sul primo treno del mattino, mentre cercava di metabolizzare la notizia, in mezzo ai lavoratori notturni che rincasavano per dormire. Stava andando dai genitori del piccolo Léon, per dare il cambio alla madre che usciva molto presto per il lavoro.

Ricordava di aver accettato la (rara) proposta di bere

un caffè con la giovane donna, anche se la cosa l'aveva stupita. Il loro rapporto era cordiale, ma la madre di Léon non le chiedeva mai informazioni private. Non c'era niente di personale nella loro relazione. Si incrociavano per un secondo e i loro discorsi si limitavano a fare il punto sulle cacche di Léon, sul suo rifiuto di assaggiare le verdure o sulla sua dentizione. Rose si era illusa che, per una volta, la donna le avesse prestato attenzione, che avesse avvertito il suo subbuglio interiore, che si fosse detta: «È venuto il momento di fare due chiacchiere da donna a donna, da madre a madre». Un semplice contatto umano, benevolo, che andasse oltre il rapporto datore di lavoro-lavoratore.

Rose, vagamente imbarazzata per quella situazione insolita, aveva confessato il viscerale attaccamento che provava per il bel bimbo di un anno che era diventato il faro delle sue giornate, soprattutto di quei tempi... E, in quel momento, le tornò in mente tutto! Come una sberla.

È un brutto sogno. Non è possibile. Lui no, il mio cocco. Non dopo l'anno terribile che ho appena passato. Perché mi abbandonano tutti? Prima papà, poi Baptiste e adesso Léon.

«Rose, tutto bene? Le stavo dicendo che per noi è un'opportunità fantastica. Mio marito parte il mese prossimo. Léon e io lo raggiungiamo dopo un paio di settimane. Il tempo di fare il passaporto al piccolo e di finire gli scatoloni. Quanti cambiamenti! Siamo entusiasti. Abbiamo deciso tutto all'ultimo...»

Ma certo! Mollare tutto e trasferirsi all'altro capo del mondo con un bambino piccolo è una cosa che si improvvisa!

«Chiaramente tutti noi, specialmente Léon, sentiremo la sua mancanza. Le ho già scritto la lettera di referenze. Nel nostro quartiere, una perla come lei non avrà alcuna difficoltà a trovare una nuova famiglia, ne sono sicura!»

Trovare lavoro è un gioco da ragazzi, tre milioni e mezzo di disoccupati glielo confermeranno.

«Sono contenta per voi, anche se mi dispiace un po' lasciare il mio Léon. Molto gentile da parte sua, la lettera di referenze. Comunque, se conosce qualcuno che potrebbe essere interessato al mio lavoro, gli dia pure il mio numero. Faccio anche le pulizie nel weekend. Per qualsiasi cosa di cui dovesse sentire parlare, io sono disponibile.»

«Allora aprirò bene le orecchie. Ora scappo, Rose. Ci vediamo stasera. Mi sa che tornerò di nuovo tardi. Questa settimana terribile non finisce più!»

A chi lo dice!

4

Mi fa un baffo!

NELLA penombra della camera di Léon, Rose raccolse un libricino abbandonato per terra. *Cenerentola.* I respiri profondi del piccolo erano regolari, non si sarebbe svegliato tanto presto.

Mentre rimetteva a posto il libro, Rose si soffermò sulle righe finali: «Si sposarono e vissero felici e contenti, ed ebbero molti figli». Persino quel racconto le assicurava che sarebbe finito tutto bene. Era comunque vero che, tra il «C'era una volta» e quel finale, Cenerentola aveva passato parecchi guai, alcuni simili ai suoi. Aveva perso la madre in giovanissima età, si occupava da sola della casa, puliva e si prendeva cura degli altri. A lei mancava solo la fatina buona.

Mi chiedo che cosa diavolo stia combinando, 'sta fatina!

Rose, però, non doveva cedere alla tentazione di lamentarsi, dato che per fortuna aveva Lili. Una sorella maggiore fantastica, una vera amica. La sua unica amica, in realtà. Si telefonavano quasi ogni giorno per raccontarsi mille piccole cose e riservavano il venerdì sera per vedersi, loro due da sole. Era la loro micro-dose di felicità famigliare. Da quando era mancato il padre, tenevano molto a salvaguardare quel rito. Lili era la sola famiglia che le restava.

Come due inseparabili, i pappagallini che stanno insieme tutta la vita (o due vecchie zitelle)!

Rose all'inizio aveva preso abbastanza bene la «grande notizia» della sorella: Lili a fine anno si sarebbe trasferita all'altro capo della Francia. Aveva ottenuto una promozione nello studio legale dove lavorava, e ne avrebbe diretto la sede marsigliese. Era la ricompensa di anni di sforzi e sacrifici. Sua sorella si era dedicata anima e corpo al lavoro e finalmente ne avrebbe raccolto i frutti. Avevano festeggiato insieme ed era stato confortante avere qualcosa da celebrare, dopo i momenti duri che avevano passato.

Ma Rose si rese conto solo in quel momento che Lili si sarebbe allontanata, per la prima volta nella loro vita. Mentre il suo mondo si sgretolava, capì che senza Lili al suo fianco non si sarebbe sentita in grado di affrontare le sue giornate. Avrebbe dovuto imparare a vivere senza la sua complice.

Le tornò in mente una frase del padre: «Mai puntare tutto sullo stesso cavallo».

Rose non aveva amici e non frequentava tanti adulti. Non le sembrava assolutamente professionale starsene a chiacchierare al parco con le altre tate del quartiere, né fermarsi a prendere un caffè, neanche quando il piccolo dormiva nel passeggino. I bambini erano più importanti di qualsiasi cosa. Anche della sua felicità o dei suoi desideri privati.

Diede un bacio sulla fronte del piccolo dormiglione e uscì dalla camera in punta di piedi. Si era appena seduta sul divano, quando il suo telefono si mise a vibrare. Lili.

Lupus in fabula...

La giovane baby-sitter, che non rispondeva mai al cellulare durante le ore di lavoro, fece un'eccezione: di sicuro la sorella l'aveva chiamata dopo aver letto il messaggio con cui la informava delle ultime novità su Baptiste e sul piccolo Léon. Come al solito, la discussione si avviò con passione, senza preamboli, quasi proseguissero una conversazione cominciata appena qualche minuto prima.

«Doveva pur capitare, prima o poi! Non è più un neonato!»

«No, Lili, non è questo che ho bisogno di sentirmi dire. Devi parlargli. Ti avevo detto che quella ragazza ha una pessima influenza su di lui.»

«Il tuo Baptiste ormai è un giovane uomo. Ha diciott'anni! Non puoi continuare a tenerlo sotto una campana di vetro! E non farne un dramma. Magari ha solo bisogno di un po' di autonomia...»

«Ma è già autonomo! Dopo lo stage sicuramente lo assumeranno con un contratto a tempo indeterminato!»

«Sai benissimo che la questione è un'altra! A diciott'anni non può nemmeno passare la notte fuori casa! Ha bisogno d'aria!»

«Di' apertamente che io lo soffoco!»

«Non è quello che intendo... Dài, su, non prendertela troppo. Dopotutto non è poi una così brutta idea lasciare che si trasferisca dalla sua Jessica. Anzi, forse è la maniera migliore per farlo tornare...»

«In che senso?»

«Ha diciott'anni, insomma! Dopo un mese passato ventiquattr'ore su ventiquattro insieme, lei non lo sopporterà più e lui tornerà di corsa dalla mamma, vedrai!»

«Un mese? Troppo lungo! Non resisterò mai così tanto!»

5

La ciliegina sulla torta

Le canzoni di George Michael e di Mariah Carey avevano finito di intasare le stazioni radio verso la fine di febbraio.

Baptiste se n'era andato. Era stato il trasloco più discreto di tutti i tempi: giorno dopo giorno, mentre Rose era al lavoro, lui metteva i suoi vestiti in un borsone, che portava via pieno al mattino e riportava vuoto la sera. Aveva deciso di prendere solo lo stretto necessario per trasferirsi da Jessica. Non voleva appesantirsi con roba vecchia o ricordi scolastici. Era risoluto a costruirsi una vita da uomo adulto.

In quel periodo Rose non aveva più osato toccare l'argomento. Rifuggiva dal conflitto. Parlavano solo di cose banali, dei loro orari, della pioggia e del bel tempo. Rose sentiva che Baptiste era nervoso. Evitava di sedersi a tavola con lei, per risparmiarsi le finte cortesie che si scambiavano da qualche giorno.

Era stato così accorto e aveva agito in maniera così graduale che Rose aveva persino covato la segreta speranza che avesse cambiato idea. Dopotutto, ai ragazzi di quell'età piaceva provocare. Magari tutta quella storia era solo un modo per dirle che voleva essere libero e che non se ne sarebbe andato per davvero. E se Baptiste avesse solo bluffato?

In questo caso, mio figlio sarebbe un giocatore di poker strepitoso.

Una sera, al suo ritorno, Rose fu accolta da uno strano silenzio.

Decise di aprire la porta della camera del figlio, benché da mesi non avesse più accesso in quella stanza. Baptiste non tollerava più intrusioni nella sua sfera privata, neanche per le pulizie. E lei si era rassegnata. Così, per la prima volta da un bel pezzo, osò entrare in camera sua. La trovò vuota.

6

Non posso, mi spiace!

L'INDOMANI era stato il grande giorno della partenza del piccolo Léon. Le ultime settimane con quel tesoro erano passate alla velocità della luce. Era stata Rose la più commossa. Il bambino non aveva capito perché tutti avessero le lacrime agli occhi, lui voleva soltanto il suo coccodrillo. Sulla porta ingombra di scatoloni, aveva avuto il suo abituale bacetto, e poi la stessa porta si era definitivamente chiusa sotto gli occhi di Rose.

Lei aveva già sperimentato tutto ciò: quell'attaccamento profondo a piccole creature in divenire, che immancabilmente finivano per condurre la loro vita altrove, senza di lei. Aveva tentato di non affezionarsi ma, ogni volta, scoprendo la loro fragilità e la loro innocenza, cadeva in trappola e dava tutto il suo amore, senza risparmiarsi, come se fossero figli suoi.

Sapeva che avrebbe fatto meglio a centellinare i suoi sentimenti, a non investire tutta se stessa, a mantenere le distanze. Ma come resistere a un corpicino caldo contro il cuore e al suo odore di latte? Vivere significava forse impedirsi di dare, di emozionarsi, di ridere? Malgrado tutto, Rose aveva preferito concedersi di amare sinceramente, pur sapendo che avrebbe sofferto a ogni nuova separazione, che lei non era nessuno per le famiglie e che quelle persone non l'avrebbero tenuta in considerazione al momento di decidere di seguire il destino, ovunque le avesse portate.

Rose si accontentava di dire: «Congratulazioni» a denti stretti. Peggio per lei, se le si spezzava il cuore! La stessa sensazione che provava quando ripensava al suo primo amore. La prima ferita all'anima. Indelebile.

Aveva davanti un nuovo distacco. Doveva assolutamente essere forte e, soprattutto, tenere alto il morale. Doveva concentrarsi sul lato positivo, come le aveva consigliato spesso suo padre. Cogliere l'occasione per riempire il bicchiere fino all'orlo.

Benché fossero le sei passate, la fine della sua giornata era molto lontana. Le restavano ancora due ore di pulizie dai dirimpettai della famiglia di Léon, una coppia di simpatici settantenni che il giorno dopo avrebbero avuto dei parenti in visita. Si erano sempre mostrati rispettosi nei suoi confronti, il che non si poteva dire di tutti, e a lei piaceva aiutarli di tanto in tanto.

Tirò fuori dal borsone dei vestiti più comodi e li indossò, poi infilò un paio di infradito e mise un po' di musica negli auricolari. Sfregò, sbatté e lucidò. Fece piazza pulita, come se ne andasse della sua vita. Spolverò la sua esistenza finché non odorò di pulito. Profumo di lavanda sul pavimento, profumo di limone su ogni piatto. Un piccolo nido accogliente, tirato a specchio. Meglio che in casa sua.

Da altri, si accertava che il copriletto fosse teso alla perfezione. Le lenzuola fresche di bucato. Le stanze ben aerate. I cuscini rigonfi, le pantofole scaldate sotto i caloriferi, poi rimesse accanto al letto. I prodotti di bellezza allineati, in ordine. I calzini puliti ben accoppiati, gli indumenti intimi piegati, le tovaglie e la biancheria stirata. Faceva lo stesso per suo figlio, sempre. Raramente per se stessa.

Spolverando non riusciva a fare a meno di ridare vita a ogni ambiente. Raddrizzava le cornici delle foto e ricreava famiglie sorridenti sulla credenza. Sistemava i libri mettendo in risalto quelli che, secondo lei, rispecchiavano meglio gli abitanti della casa. Riordinava le cartoline e, in un attimo, viaggiava di destinazione in destinazione, facendo il suo primo giro del mondo. Lei, che non aveva mai preso l'aereo. L'India, la Corea, il Giappone, l'Italia...

Anche se le pulizie non erano il suo sogno, si sforzava di farle al meglio. Si riproponeva di essere non tanto un angelo del focolare, quanto una fatina buona che si impegnava al massimo per rendere la vita degli altri più piacevole e dolce. Ai suoi occhi, un appartamento pulito e accogliente era la premessa della felicità. Rose aveva un animo romantico, riusciva a rendere poetiche anche le pulizie e si immaginava di sostituire i granelli di polvere con qualche grammo d'amore.

Amava ricreare la sensazione nostalgica che si prova quando si torna tra le pareti in cui si è cresciuti. Innanzitutto, un odore famigliare. La semplice felicità di constatare che tutte le cose sono ancora al loro posto. Come punti di riferimento stabili, a riprova di un amore immutabile. In seconda battuta si notano i piccoli cambiamenti, le nuove foto, le suppellettili che dimostrano come la vita abbia continuato a scorrere, anche senza i figli tra quelle mura. Sì, si disse Rose quando si richiuse la porta alle spalle, aveva lasciato tutto in ordine perfetto, molto meglio di come avrebbe fatto a casa sua. E il suo cactus spelacchiato avrebbe potuto confermarlo!

Nell'androne, con il sacchetto della spazzatura in mano, fu avvicinata da una signora elegante, sulla cinquantina, che non aveva mai visto prima. In compenso lei sembrava essere informata sul suo conto, almeno a giudicare dalla domanda che le fece a bruciapelo: «È lei, no, che si occupa di Léon?»

«Ehm, sì. Buonasera. Sono io, perché?»

«Ho una proposta di lavoro per lei. Molto ben pagato. E dal momento che mi è parso di capire che lei, dopo la partenza della vicina, si ritroverà in mezzo a una strada…»

La delicatezza non mi pare il suo forte.

«Venga lunedì alle diciotto al quarto piano. Io mi chiamo Véronique Lupin», disse porgendole un biglietto da visita su cui erano scarabocchiate delle parole che Rose non fu in grado di decifrare.

Benché le avesse fatto una pessima impressione, non riuscì a non ammirarla. Le persone che sprigionavano tanta sicurezza le facevano quell'effetto. In fondo le sarebbe piaciuto, a volte, poterselo concedere. Non scusarsi più di esistere. Quella donna era talmente piena di sé che si sarebbe detto che avesse scoperto il vaccino per l'Aids. Rose ficcò il biglietto nella borsa e declinò cortesemente l'invito del futuro premio Nobel per la medicina.

«Molto gentile da parte sua, signora Lupin. Sono spiacente, ma prima dovrei sistemare alcune faccende personali… E poi ho altre famiglie, oltre alla madre di Léon, con cui dovrei…»

«A lunedì, allora.»

Senza nemmeno rendersene conto, Rose rispose: «Ehm… sì… a lunedì».

7

Fatti i fatti tuoi!

Sprofondata nel letto, faccia a faccia con lo sguardo vuoto di Coniglietto, che palesemente non aveva nessuna risposta per i suoi quesiti esistenziali, Rose tentò di chiamare la sorella, irraggiungibile da quando Baptiste era andato via. Le aveva mandato solo un laconico SMS. Lili finalmente rispose e la conversazione entrò subito nel vivo, senza preamboli: «Sono a terra. Che posso fare per aggiustare le cose con Baptiste? Ho paura che non torni. Da quando si è trasferito da Jessica non risponde più ai miei messaggi».

«Le cose si aggiustano sempre! Me lo ripeti da una vita, ti facevo più ottimista!»

«Ho un brutto presentimento…»

«Ah, no, per favore, non ricominciare con le superstizioni!»

«Mi sento sola. E non riesco più a dormire. Sono in modalità metro, lavoro, Xanax!»

«Prova la verbena, è innocua, la verbena! Devi cambiare aria, Rose. Devi vivere per te stessa. E Baptiste deve capire che non puoi essere sua madre solo quando gli fa comodo. Hai iniziato a cercarti un lavoro?»

«Mah, non ancora… Una tizia strana mi ha fatto

una proposta, ma non ci ho capito niente. Credo che la madre di Léon le abbia parlato di me.»

«Su, racconta.»

«Non abbiamo parlato molto. Sapeva che mi occupavo di Léon e mi ha rifilato il suo biglietto da visita, su cui ha scritto la sua 'offerta'. Vuole che vada da lei lunedì, per chiarirci, immagino. In ogni caso, mi ha fatto venire la pelle d'oca.»

«Perché? È così terribile?»

«Non so. Non la reggo. Ne ho vista, di gente strana, nella mia carriera, ma una così raramente. E poi non mi ha lasciato dire mezza parola. Ho bisogno di lavorare, però non sono disposta a vendere l'anima al diavolo!»

«Dipende dal prezzo.»

«Ha detto che era un lavoro molto ben pagato.»

«Magnifico! E poi non è che in questo momento tu possa permetterti di fare tanto la difficile. Pensa positivo! Non è quello che diceva il tuo oroscopo cinese? 'Assunzione di rischi e sforzi individuali', se ben ricordo. Non capita tutti i giorni che piova un lavoro dal cielo! Prova! Alla peggio, ti licenzi. Può essere la soluzione ai tuoi problemi... Accetti il lavoro a tempo pieno per due mesi e raggranelli un po' di soldi per toglierti qualche sfizio. Leggimi la sua offerta!»

«Aspetta. Dev'essere da qualche parte nella borsa. Ha una grafia da medico, non sono riuscita a decifrarla...»

«Mandami una foto! Ci penso io!»

Lili aveva sempre i riflessi pronti, si disse Rose mentre ripescava il biglietto da visita di Véronique Lupin.

«Allora... 'Cerco dama di compagnia. Persona di

fiducia, disponibile fin da subito. A tempo pieno. Sette giorni su sette, notti comprese. Alloggio a disposizione, Parigi. Retribuzione 3500 euro alla settimana.' Wow! Più che ben pagato! O sono ricchi sfondati, o qui gatta ci cova...»

8

Come un pesce fuor d'acqua

IL lunedì seguente Rose suonò il campanello alle diciotto in punto e le aprì una Véronique Lupin di gran fretta.

«Ah, buonasera. Spacca il minuto, già guadagna dei punti! Bene, scappo. La aspetta da qualche parte, di sopra. Le ho lasciato un biglietto con le indicazioni per pranzo e cena. È tutto già pronto, vedrà. Penso che sarò a casa domani, verso sera: Cannes è sempre una noia mortale e Richard e io cerchiamo sempre di abbreviare il più possibile il nostro soggiorno. In caso di necessità, la chiave di riserva è sul pianerottolo, sotto il contatore. Per questioni urgenti ha il mio numero! Buon lavoro!»

Il contratto? Le condizioni? Due spiegazioni sul lavoro? La risposta ufficiale? Le presentazioni? Il giro della casa? Chiedermi se sto bene? Se ho delle domande? Se ho un cognome? Un nome? Nient'altro da dire, a parte «buon lavoro»?

Quando Rose si ritrovò da sola nell'immenso soggiorno, rimase sbalordita dalla pulizia. Non c'era niente fuori posto, neanche un granello di polvere. *Devono avere una donna di servizio tutti i giorni.* Come in un loft, le pareti divisorie erano stati abbattute. E ogni mobile, ogni angolo sembrava studiato da un designer. Era senza alcun dubbio l'appartamento più bello in cui Rose avesse mai messo piede. E ne aveva visto solo una minima parte. La sala era luminosa malgrado le tende moderne, ma lì dentro faceva un freddo polare.

A passi felpati, cercò le scale che l'avrebbero condotta dalla misteriosa padrona di casa. Non ce n'era traccia, neanche il minimo indizio. Regnava una calma inquietante, un'atmosfera quasi angosciante, uno di quei silenzi che, nei film dell'orrore, precedono il dramma. Impossibile credere che potesse esserci qualcuno, tra quelle mura, che non produceva alcun rumore. Rose decise di darsi ancora cinque minuti e poi di filarsela. Si sentiva molto a disagio, addirittura osservata.

Si schiarì la voce prima di azzardare: «Buongiorno, c'è qualcuno?»

Passò di stanza in stanza in cerca di un eventuale indizio che potesse farle capire che cosa ci si aspettava da lei. Con metodo aprì ogni porta, ogni armadio. Aveva l'impressione di essere finita in un appartamento uscito da un catalogo Ikea dei ricchi, perché, era evidente, Véronique Lupin non si riforniva dove si riforniva lei. Tutto era assortito per colore, diviso per taglia, piegato al millimetro. Bandita ogni imperfezione, anche la più piccola. Come se, prima di lei, niente di umano fosse transitato da lì. Del resto, Rose non trovò le scale per andare di sopra.

Peccato. Lei ci aveva provato. Il posto le risultava ormai insopportabile e Rose si scoprì claustrofobica in quell'appartamento, per quanto spazioso. Decise di andarsene e di chiudersi la porta alle spalle, ma quella non collaborò. Provò a sbatterla più forte, senza esito. C'era qualcosa che opponeva resistenza.

Eppure non poteva andarsene lasciandola spalancata. Si aggrappò con entrambe le mani alla maniglia, poi diede un'occhiata dall'altra parte e... quasi si scontrò con un soldo di cacio di donna, appesa con tutte le sue forze alla maniglia per evitare che la porta si chiudesse.

Rose sussultò e lanciò un gridolino acuto. «Mi ha fatto paura! Ma lei chi è? E perché blocca così la porta?»

«È chiaro, no? Per impedirle di andarsene.»

«Ho fatto il giro di tutto l'appartamento senza trovare nessuno! Si era nascosta?»

«Neanche per sogno. Non ho più l'età per giocare a nascondino. Si è lavata le mani?»

«Come?»

«Si è lavata le mani da quando è arrivata? Ho visto che ha toccato tutti gli armadi e tutti gli infissi. Scommetto che è venuta in metro! Dovremo disinfettare la casa per intero. Tenga, prenda un po' di gel antibatterico.»

Rose osservò la mano avvolta da un guanto di lattice che le porgeva il flacone. La donna era vestita di bianco dalla testa ai piedi. Se non avesse avuto quell'espressione di panico che le increspava il viso, la sua bellezza sarebbe saltata subito all'occhio. Doveva avere una settantina d'anni e tutto lasciava indovinare la bella ragazza che era stata: i lineamenti fini, la figura slanciata, agile, i capelli biondi, tagliati corti, ancora bagnati.

«Ora le mostrerò dove sono i prodotti per la casa e come disinfettare i suoi effetti personali. Non dimentichi di sfregare bene le serrature, sono dei covi di microbi. E mi dia il cellulare, per favore.»

«Non capisco... Il mio cellulare? Perché?»

«Perché non possiamo correre il rischio che lei risponda a qualcuno e dimentichi di lavarsi di nuovo le mani. Bisogna decontaminare l'apparecchio. Sarà più sicuro.»

La minisignora sparì. Rose era sopraffatta da quella situazione grottesca. Alzò persino lo sguardo per esaminare gli angoli del soffitto, in cerca di telecamere nascoste, ma niente!

Dopo parecchi minuti di attesa, si arrese all'evidenza: nessuno era sbucato da un armadio ridendo per indicarle dove fossero state piazzate le telecamere.

Rose non doveva fare le pulizie. Non avrebbe comunque avuto niente da ridire, soprattutto considerando lo stipendio settimanale e il poco lavoro che ciò avrebbe comportato, visto lo stato dell'appartamento. Di colpo le tornò in mente il biglietto da visita. Lili aveva letto bene l'annotazione di Véronique Lupin? Ricordava perfettamente di aver sentito la sorella dirle al telefono: «Dama di compagnia».

Rose andò alla ricerca della vecchia signora, scomparsa con la stessa rapidità con cui era apparsa. Invano. Sentiva scrosciare l'acqua nella doccia, sopra la sua testa, ma ancora non vedeva nessuna scala. Quando la donna le scivolò alle spalle, in silenzio, Rose sussultò di nuovo.

«La smetta di sgattaiolare così! Mi fa paura!»

«Non ha cominciato a strofinare?»

«Potrebbe ridarmi il telefono, per favore? Devo fare una telefonata.»

«No.»

«Come sarebbe a dire, no?»

«No, è a mollo.»

«Che cosa? Ha messo il mio cellulare nell'acqua?»

«No. Alcuni componenti del suo telefono stanno asciugando, altri sono ancora a mollo.»

«Ma, insomma, non si mette a mollo un telefono!

Ne ho bisogno! E se qualcuno prova a chiamarmi? Devo essere raggiungibile, in caso di necessità. Me lo renda... andiamo... per favore!»

«Non se ne parla neanche! Mi spiace, è sequestrato fino a nuovo ordine. E poi, visto che riceve pochissime chiamate, non corre il rischio di perdersi chissà che...»

«Ha curiosato nel mio cellulare? Roba da pazzi! Non so nemmeno perché sono ancora qui. Mi ridia le mie cose, per favore. Me ne vado.»

«No.»

«Come sarebbe, no?» replicò Rose. «Non può trattenermi con la forza!»

Le due donne si squadrarono. Ognuna sosteneva lo sguardo dell'altra, sperando in una reazione, quando un cane sbucato dal nulla come una specie di apparizione mistica passò lentamente in mezzo a loro e andò a strusciarsi contro Rose. Lei, sorpresa dall'intrusione dell'animale, gli rivolse un «Pussa via» autoritario, per farlo sloggiare. Il botolo, impressionato, si allontanò in fretta verso una delle tante stanze dell'appartamento.

«Senta, non me ne andrò senza il mio telefono. Dove l'ha messo? La avverto, se non me lo dà, io... mi sputo sulle mani e tocco tutte le maniglie dell'appartamento! E Dio solo sa quante sono!»

«Non oserebbe mai!»

«Ah, sì? E che cosa glielo fa supporre?» Rose si sforzò di usare un tono deciso, ma un lieve tremito nella sua voce la tradì.

«Si vede subito che lei è il tipo di donna che non sa osare.»

L'osservazione della vecchia signora la punse sul vivo. Come aveva fatto quella donna, quella semisconosciuta che sembrava mezza fuori di testa, a indovinare il suo problema più intimo, più profondo? Era davvero così evidente?

Rose non abbassò gli occhi. Nella sua testa risuonava la melodia di Ennio Morricone nel film *Il buono, il brutto e il cattivo*.

«Ah, davvero? La vedremo!» riprese, schiarendosi rumorosamente la voce.

«No, non lo farà. E poi... Rose, avrà qualche difficoltà a viaggiare senza il suo abbonamento...» la sfidò la vecchia signora, sfoderando all'improvviso il tesserino di Rose, che sgocciolava ancora dopo la decontaminazione.

9

Dacci un taglio

La serata era durata un'eternità. Sfinita dal duello psicologico con quella donna fuori di testa, Rose non era affatto dispiaciuta di essere finalmente a casa. Le poche ore passate in veste di dama di compagnia l'avevano confusa, soprattutto circa il ruolo che avrebbe dovuto ricoprire. L'anziana signora, dopo essersi fatta di nuovo la doccia, aveva ripulito energicamente il battiscopa e le maniglie del soggiorno. Rose, non sapendo che fare, aveva finito per aiutarla, benché non capisse come fosse possibile rendere quelle superfici più pulite di quanto già fossero.

Subito dopo la signora Lupin era andata a dormire e le aveva augurato la buonanotte come se niente fosse. Non aveva detto altro, Rose non sapeva neanche qual era il suo nome.

Quella sera il silenzio che regnava nel suo appartamento le parve insopportabile. La casetta le sembrava decrepita, angusta, soffocante. Non avrebbe saputo dire se dipendesse dall'assenza del figlio o dall'immenso spazio di design in cui aveva trascorso le ultime ore. Da qualche notte aveva preso l'abitudine di rannicchiarsi nel letto di Baptiste. Osservò la loro unica foto insieme, sulla scrivania. Era stata scattata due anni prima, nei Paesi Baschi. Un selfie, entrambi con il sorriso a trentadue denti. Il figlio ancora non la superava in altezza. No, a quell'epoca Rose non era superata. Si ricordò che proprio quell'estate Baptiste aveva deciso di entrare alla scuola alberghiera. Per tutte le vacanze aveva sbirciato l'*Hotel du Palais* di Biarritz, con l'evidente desiderio di avvicinarsi a una vita trendy che lei non poteva offrirgli.

Nonostante l'ora tarda, il suo cellulare suonò. Si precipitò a prenderlo, sperando con tutta se stessa che fosse Baptiste. Sul display vide una foto di sua sorella che faceva la linguaccia con aria divertita. Lili aveva scelto di associare quell'immagine, tra le tante, alle sue chiamate. Rose rispose.

«Allora, il nuovo lavoro?»

«Non me ne parlare. Un disastro! Domani non ci torno, su questo puoi contarci.»

«Perché?»

«Te l'avevo detto che non la reggo, quella Véronique Lupin… Be', la madre è pure peggio, ma di altro genere. Genere disturbo mentale.»

«Disturbo mentale? In che senso?»

«Sai quando hai la cistite e fai la pipì in continuazione? Ecco, lei è così: si lava le mani ogni dieci minuti. È ossessionata dalla pulizia. Nelle ore in cui sono stata lì ha fatto quattro docce!»

«Capisco… È come se non ci fosse tutta con la testa.»

«Esatto, sì, figurati un po'! Non il tipo che trema e si sbava addosso, ma comunque le manca qualche rotella. Continuava a ripetere che non ha bisogno di me. Che mi sbagliavo, che sua figlia non avrebbe mai assunto nessuno per prendersi cura di lei. Le ho proposto di uscire, di fare un giretto: si è aggrappata alla maniglia della porta urlando che non voleva più uscire, mai più!»

«Pensavi davvero che una dama di compagnia si assumesse per i casi semplici? Che cosa ti ha detto Véronique?»

«Lei? Un bel niente, giuro. Quando sono arrivata stava andando via e mi ha abbandonato con la pazza, senza istruzioni. Ah, sì, scusa, c'erano dei piatti pronti di Lenôtre: per pranzo, foie gras; per cena, una specie di purea con uova di lompo.»

«No, aspetta un attimo... La figlia ti ha lasciato da sola con la madre nel suo appartamento? Anche se neanche ti conosceva?»

«Esatto. Tornerà domani, tardo pomeriggio.»

«Non avresti dovuto dormire lì e badare alla madre?»

«Non lo so, non ha specificato niente...»

«Ma tu sei fuori, Rose. Perché credi che sia un lavoro con vitto e alloggio? Tu devi dormire lì e prestare aiuto in caso di bisogno. Questa è omissione di soccorso a una persona in pericolo! Potresti beccarti cinque anni di galera.»

«Pericolo di che cosa? Finiscila di fare l'avvocatessa! E poi non ho neanche firmato un contratto, non ho nessun vincolo legale.»

«E la tua coscienza? Se dà fuoco allo stabile cercando di farsi da mangiare?»

«Caspita! Hai ragione. Ti richiamo quando arrivo. Dovrei riuscire a prendere l'ultimo treno di mezzanotte. Però domani, quando Véronique Lupin tornerà, le pianto lì con il loro foie gras e le loro uova di lompo!»

«Immagino che sia caviale, tesoro...»

10

Chiamala stupida!

Quando Rose entrò in casa di Véronique Lupin con la chiave di riserva, trovò l'anziana signora seduta sul divano bianco, in vestaglia, gli occhi fissi nel vuoto. Sembrava molto tranquilla, ben lontana dall'agitazione diurna.

Rose si sentì in imbarazzo. Aveva l'impressione di essere un'intrusa che si era introdotta nella sfera privata di una persona in là con gli anni, e l'appartamento continuava a inquietarla. Tra i mobili di design, scelti probabilmente dalla stessa Véronique Lupin, l'allestimento impeccabile, senza un granello polvere, e il freddo polare dell'aria condizionata, sembrava che la vita fosse battuta in ritirata. Persino il bonsai, l'unica pianta dell'appartamento, era spoglio come un albero in inverno.

Accanto alla signora Lupin senior era accucciato il cagnetto che Rose aveva bistrattato per tutta la sera, prima di tornarsene a casa. Era allergica ai cani, e loro in qualche modo lo capivano perché, inspiegabilmente, finivano tutti per strusciarsi contro di lei, lasciandole i vestiti pieni di peli. Quel volpino di Pomerania non faceva eccezione. Appena la vedeva le andava incontro per saltarle addosso.

«Pussa via, microbo!»

Al suono della sua voce, la vecchia signora si riscosse dal torpore e si girò verso Rose, che le sorrise timidamente.

«Si ricorda di me? Sono la donna che si occupa di lei.»

«Non ho l'Alzheimer, sa? So benissimo chi è. È quella senza amici. Quella che crede di essere qui per occuparsi di me, eppure mi molla alla prima occasione.»

«Ehm...»

«Sarò vecchia, ma non sono pazza. Solo puntigliosa per quel che riguarda la pulizia e non molto a mio agio nel mondo esterno. Mia figlia crede che sia 'soltanto una messinscena', e per farla breve evitiamo di incrociarci. Io vivo di notte e lei di giorno. È molto meglio così.» La minuscola signora andò in cucina e tornò con un'enorme charlotte alle fragole e due piattini. «Ne vuole un po'? L'ho fatta quando lei è fuggita. Non so che cosa le ha preso, prima, quando ha cercato di farmi mangiare quella robaccia salatissima al caviale. Il mio peccatuccio sono i dolci. Ne assaggi una fetta!»

Dubbiosa, Rose prese il piatto che la signora Lupin senior le porgeva. Lei, che da parecchi giorni non aveva più appetito, all'improvviso aveva sentito lo stomaco reclamare la sua parte. La torta aveva un'aria squisita, ma lei aveva letto *Biancaneve*: credeva ancora al principe azzurro, ma diffidava della matrigna avvelenatrice.

Sotto lo sguardo interrogativo della vecchia signora, assaggiò un pezzettino e arrossì subito di piacere.

«Buona, eh? Gliel'avevo detto. Ed è facile da fare, se vuole glielo insegno. Quando avrà dei figli, questo dolce sarà un successone!»

«Ho già un figlio, ha diciott'anni.»

«Diciott'anni? Che età ingrata, in bocca al lupo! Insomma... Scusi, volevo dire: congratulazioni... E non le piace cucinare?»

«Io e la gastronomia non andiamo molto d'accordo: nessuno mi ha mai insegnato, e ormai è troppo tardi!»

«Ma si figuri, non è mai troppo tardi! Lei avrà una quarantina d'anni, è un'età perfetta per imparare. E suo marito, non lo nutre?»

«Trentasei e mezzo, e...» Rose si bloccò.

«Be', non si può avere tutto dalla vita. D'altronde immagino che, se la vita le avesse sorriso di più, non sarebbe qui. O sbaglio?»

Il silenzio di Rose era eloquente. Prese un altro boccone di torta per avere una scusa per non rispondere (e poi era veramente deliziosa).

«Se tutti avessimo la vita che meritiamo, io avrei dei nipoti prossimi alla maturità, andremmo a teatro insieme e li accompagnerei a vedere delle mostre. Non avevo previsto che la mia unica figlia si sarebbe rifiutata di restare incinta per il timore di prendere un grammo. D'altronde lei si sarà resa conto che qui dentro fa un bel frescolino. I condizionatori che soffiano aria a 15 gradi rientrano nel suo programma di crioterapia per dimagrire. Persino il suo cane ha talmente freddo che mi si incolla sempre addosso.»

Si alzò lentamente e si diresse verso lo specchio girevole che celava le scale. Il volpino le trotterellò dietro.

«Vado a letto, dovrebbe farlo anche lei. Sono quasi

le due. All'ultimo piano troverà il suo appartamentino. Dubito che Véronique le abbia preparato il letto, quindi prenda quello che le serve dagli armadi. Buonanotte! Domani mia figlia tornerà e il suo calvario avrà fine. A proposito, io sono Colette.»

11

Faccia da schiaffi

DA sola, Rose aspettava nel grande salotto di Véronique che Colette finisse di fare la doccia (di nuovo) e tornasse giù. Passati diversi minuti, dato che ancora non si vedeva, si decise ad andare di sopra. Colette probabilmente preferiva stare a casa sua, il che a Rose andava benissimo.

Trovò la vecchia signora seduta nel suo studio, intenta a leggere il giornale con il cagnetto ai piedi. Aveva ancora i capelli bagnati.

«Buongiorno, Colette, ha dormito bene? Le ho preso una brioche dalla pasticceria qui sotto. Mi è parso di capire che lei è piuttosto golosa.»

«Molto gentile da parte sua. È da un pezzo che non metto piede in pasticceria. Facevano dei pasticcini deliziosi. Non sono mai riuscita a prepararne di così buoni. È sempre Isabelle che serve al banco? E c'è ancora Christophe, suo marito, all'impastatrice?»

«Ehm, non saprei, forse. Lei aveva una faccia da Isabelle, adesso che ci penso. Che cosa desidera fare oggi, Colette?»

«Be', leggere un po', fare la doccia. Le parole crociate, un'altra doccia. Mangiare una fetta di torta, poi fare una doccia. Mentre lei pulisce l'appartamento di Véronique... Resto dell'idea che sia mia figlia ad avere bisogno di lei, non io. Sa, è una vera sporcacciona. Non lo si direbbe, ma le auguro che non le capiti a tiro un suo paio di mutandine.»

Rose fece un'espressione imbronciata. Aveva voglia di conoscere meglio la donna seduta di fronte a lei e, soprattutto, di prendere una boccata d'aria. Dopo settimane di tempo uggioso, erano arrivate finalmente le belle giornate di maggio.

«Non la invoglia un giretto al parco? Gli anatroccoli sono appena nati e stamattina facevano un gran baccano. Ci andiamo piano piano. Senza stress. Abbiamo tutta la giornata davanti!»

Mentre Colette rifiutava con voce gentile ma ferma quella proposta che trovava grottesca, il telefono fisso al piano di sotto suonò. Rose scese di corsa le scale a afferrò la cornetta al volo. Di certo era Véronique, che la informava che sarebbe rientrata nel pomeriggio.

Rose avrebbe parlato chiaro con la sua datrice di lavoro, per dare un taglio a quella buffonata. Colette non aveva nessuna voglia di essere assistita e Rose non si era mai sentita tanto inutile. Aveva intenzione di dedicarsi alle cose che considerava davvero importanti senza perdere un minuto di più: desiderava riconciliarsi il prima possibile con Baptiste. Le sue telefonate e i suoi messaggi restavano senza risposta. Rose non avrebbe desistito, finché le cose con suo figlio non si fossero aggiustate. Forse la vista di quella vecchia signora sola, barricata in casa e completamente abbandonata dalla figlia, le trasmetteva un'immagine angosciante del suo futuro con Baptiste. Era decisa più che mai a sistemare le cose e a ritrovare la complicità che avevano avuto fino a poco tempo prima.

All'altro capo del filo, la voce dal timbro troppo acuto confermò a Rose che si trattava proprio di Véronique.

«Ah, finalmente! Com'è lenta! Forse ancora non lo sa, ma io detesto aspettare. È l'unico lusso che non mi concedo. Non la pago per rimanere seduta sul divano a guardare il telefono che squilla. Mi ascolti attentamente: ho la batteria quasi scarica e soprattutto odio ripetermi. Dunque: quegli imbecilli dei controllori di volo sono ancora in sciopero e il jet di Richard non può decollare. Dovremo restare tutta settimana qui all'*Hotel Martinez*! È una catastrofe, perché non ho niente da mettermi. Dovrò sorbirmi ancora quell'incompetente del personal shopper dell'albergo. In breve: mi faccia un piacere e si occupi di lei per altri cinque giorni. È un tipo un po' particolare e una grande attrice, ma la forzi a mangiare e a uscire un po'. Saremo di ritorno al più tardi domenica, in serata. Fino ad allora non la lasci sola, tende a deprimersi.»

«Be ...»

«Tanto meglio se va tutto bene. Una preoccupazione in meno per me, in questo momento. E si dia da fare, accidenti! La sento passiva. Il prestigio sociale si misura dalla qualità dei propri sottoposti. Ora la lascio andare...»

«Signora Lupin, aspetti. Domenica non posso...»

Il segnale di linea libera fece capire a Rose, se ancora avesse avuto dei dubbi, che la conversazione era terminata. Inebetita, con il ricevitore in mano, si voltò e incrociò lo sguardo compassionevole di Colette, ai piedi della scala.

«Poverina! A quanto pare è bloccata qui ancora per qualche giorno. Spero che non avesse programmi.»

12

Cercare l'ago nel pagliaio

ROSE non avrebbe saputo dire chi, tra le due, fosse più delusa da quella novità. L'anziana signora, abituata ai continui cambi di programma della figlia, non sembrava per niente stupita, solo stanca. Stanca di essere una palla al piede e per giunta un peso per Rose, dal momento che quest'ultima non nascondeva affatto l'esasperazione per essere stata costretta a trascurare le sue priorità famigliari.

Mentre Colette si preparava con entusiasmo per l'ennesima doccia, Rose la avvertì che usciva a fare un po' di spesa al minimarket all'angolo. Quando passò davanti al caffè dove le piaceva fare colazione, il cameriere la salutò con un cenno del capo, a cui lei rispose con un discreto gesto della mano, carica com'era dei suoi acquisti: principalmente piatti surgelati, formaggi, salumi, pomodori, dolci e crocchette per Fuffy.

Sistemando il cibo, aveva trovato facilmente posto nel frigo vuoto di Véronique, ma era rimasta a bocca aperta per l'assenza del congelatore. Un appartamento di oltre duecentocinquanta metri quadrati, su tre piani, e nemmeno un congelatore degno di quel nome. C'erano dei piccoli freezer dalla chiusura difettosa, sì, ma niente che potesse assicurare lunga vita al signor Picard e ai suoi amici. Rose era madida di sudore per l'esasperazione e non vedeva altra soluzione se non ficcare tutto nel frigorifero (e, di conseguenza, ingozzarsi di cibo nei giorni a venire).

Tornata dalla doccia, Colette notò lo sconcerto di Rose e suggerì timidamente: «Ha provato nella criosauna di mia figlia? In fondo al suo guardaroba?»

«Crede che si possa?»

«No. Ma lei fa solo quello che è autorizzata a fare? Deve avere una vita ben triste...»

L'hai detto!

Rose lanciò un'occhiata incuriosita alla vecchia signora e corse a sistemare i surgelati, sotto lo sguardo severo del minuscolo volpino di Pomerania.

«Piantala di ringhiarmi, Xanax, se no ci metto anche te! Non sto facendo niente di male, dài! Mi assicuro soltanto che la criocabina della signora funzioni bene. Ma come fa a restarci più di dieci secondi? Sembra la cella frigorifera dove mettono i quarti di bue, per non dire di peggio... E tu finiscila di starmi appiccicato, se non vuoi fare una brutta fine!»

Una volta sedute nella cucina di Colette, le due donne rimasero in silenzio, davanti a una tazza di tè ormai freddo. Rose aveva tentato di avviare una conversazione, ma l'anziana donna guardava lontano, come assorta nella contemplazione dei vetri della credenza. In effetti era proprio un tipo particolare: cambiava radicalmente da un momento all'altro, era davvero strana.

Rose provò di nuovo a rompere il ghiaccio: «Be', non siamo obbligate a parlarci. Ma almeno il tempo passerebbe più alla svelta… Una settimana, sono pur sempre più di centocinquanta ore! Ci vorrebbe un piccolo sforzo. C'è un clima magnifico, è un peccato starsene chiusi in casa. Sua figlia mi ha detto che lei ha la tendenza a deprimersi…»

«Io, depressa? Ha una bella faccia tosta, quella lì!» replicò Colette, offesa. «Io non mi imbottisco di pillole come fa lei. Non ho nessuna intenzione di parlare di argomenti che non sono di sua competenza! Niente di personale, ma quello che succede tra mia figlia e me non riguarda nessuno a parte noi due. E di uscire non se ne parla proprio! Simili trovate può tenersele per sé. E tutto per vedere qualche minuscolo anatroccolo che tampina la madre: si stancheranno presto di starle appiccicati!» Puntò di nuovo lo sguardo verso la parte opposta della stanza e si trincerò nel silenzio.

Rose per un attimo pensò di salire nel suo appartamentino, lasciando l'anziana signora alle sue non-occupazioni, ma cambiò idea, per scrupolo. Una caduta è questione di un attimo…

Decise allora di prendere uno dei numerosi volumi della libreria e di ammazzare il tempo con una storia d'amore strappalacrime, le sue preferite.

Dopo averla osservata a lungo di sbieco, Colette commentò: «Doveva proprio scegliere l'unico libro che non è mio… Quelle storie d'amore che finiscono sempre bene, chi ci crede più?»

«Io! E spero proprio di avere la fortuna di incontrare l'uomo giusto e di rifarmi una vita. Il tempo vola, ma io non sono ancora fuori gioco.»

«Lo dice per me?»

Rose la scrutò con la coda dell'occhio chiedendosi

se fosse una battuta, poi capì che la vecchia signora si sentiva davvero ferita.

«Ma, insomma, Colette, non sarà mica paranoica? Non parlo assolutamente di lei. Oh, non ne posso più di questo cane che mi lecca le caviglie, basta! Lo porto al parco, ci schiarirà le idee. Sicura di non voler venire con noi, Colette?»

«Neanche per sogno!»

«Non staremo via molto. Ha bisogno di qualcosa? Caviale o foie gras?»

«Penso che lei abbia ragione. Non usciremo vive da questa convivenza forzata di una settimana.»

13

Porco cane

ERA domenica, e Véronique Lupin sarebbe rientrata nel tardo pomeriggio. Rose e Colette erano tese. La loro ultima giornata insieme avrebbe dovuto essere un sollievo, ma lasciava a entrambe l'amaro in bocca, un sapore di cose incompiute, di fallimento.

Quando Véronique suonò alla porta di casa, sulle prime si stupì di trovarsi di fronte una sconosciuta. Non ricordava assolutamente l'aspetto della giovane donna che aveva assunto, né aveva la minima idea di come si chiamasse. Rose poté quindi presentarsi, per la prima volta, e informare la padrona di casa che era andato tutto bene.

Quando quest'ultima le rispose: «No, parcheggia a casa tua. Lascio qui le valigie e ti raggiungo con la mia Mini tra una ventina di minuti. Chi ci sarà al *Racing*?», Rose capì che Véronique, cuffie bluetooth da organizzatrice di matrimoni, era immersa nella conversazione con quello che doveva essere il suo compagno, Richard, il chirurgo estetico che, a ben vedere, doveva aver restaurato parecchio la facciata della Lupin.

Benvenuta al ballo dei vampiri!

«Lei dov'è?»

Era la terza volta che ripeteva la domanda e stava palesemente perdendo la pazienza. Rose stava pensando che Richard doveva frequentare da poco Véronique, se ignorava che odiava dover aspettare, quando quest'ultima piantò gli occhi verdi in quelli nocciola di Rose, ripetendo per la quarta volta la domanda.

«Ah, ehm... Parla con me? Immagino sia di sopra, in cucina. Era lì, quando sono scesa ad aprirle.»

Véronique sbuffò due volte, seccata, e gridò: «Pépette! Scendi, così andiamo! Ah, dimenticavo: i suoi soldi. Può tornare a casa. La richiamerò in settimana per dirle se continuiamo 'l'avventura insieme', come dicono i giovani in televisione: voglio essere innanzitutto sicura che vada tutto bene».

Rose guardò inebetita il rotolo di banconote che aveva nella mano destra, poi si disse che non era il momento giusto per vuotare il sacco. Lo avrebbe fatto al telefono, quando Véronique Lupin l'avesse richiamata. Se si fosse ricordata di farlo. Se avesse ritrovato il suo numero. E se Rose fosse riuscita ad aprir bocca... In quel momento il cane scese di corsa le scale e saltò sui pantaloni bianchi della sua padrona. Più emozionato del solito, le annusava la borsa.

«Hai fatto la brava, piccolina? Te lo meriti un bel dolcetto?» chiese Véronique con la voce leziosa che si usa di solito con i bambini piccoli.

Tirò fuori subito dalla borsa una piccola confezione molto chic di Lenôtre e fece per dare la leccornia al volpino, quando bruscamente si voltò e chiese a Rose, in tono gelido: «Le capita mai di rispondere alle domande che le vengono fatte?»

Ma che se ne fa di una criosauna in casa, visto che è già lei un iceberg fatto e finito!

«Mi scusi, signora Lupin, ma non sapevo se si stesse rivolgendo a me e ancor meno se volesse una risposta», osò dire Rose.

Ma si rende conto del tono che usa? Che antipatica! Ha più rispetto per il cane che per me.

Il botolo saltellava sempre più innervosito sui pantaloni di Véronique, che le lanciò un'occhiata cupissima.

«Sì, se lo merita», sussurrò Rose.

«E va bene!» concesse Véronique. «In ogni modo, non so se lei se lo meriti, il posto da noi: ha visto che pelo? Non è più bianco, ma marrone. L'ha portata in giro nelle fogne o dove? E quante volte siete andate dalla toelettatrice? A giudicare dal risultato, spero che non le abbia lasciato la mancia...»

Se ormai era chiaro che Véronique Lupin si aspettava una risposta alle domande precedenti, Rose non sapeva se dovesse replicare alla tirata della signora, che comunque uscì sbattendo la porta con il volpino in braccio.

Rose rimuginò sulle parole di Véronique. Le era sfuggito qualcosa.

Arrivata in fondo alle scale senza fare il minimo rumore, come al solito, Colette fece capolino ed esclamò: «Gliel'avevo detto io, mi pareva molto strano che l'avesse assunta per badare a me».

14

E tua sorella?

Rose urlava al telefono con Lili, a bordo del treno che la riportava verso Noisy-le-Grand: «Dama di compagnia per cani! No, ma ti rendi conto?»

Sua sorella scoppiò a ridere, esasperandola ancora di più.

«Non ridere, è allucinante! E mi dispiace così tanto per quella povera donna...»

«Non voglio prenderti in giro, ma devi ammettere che è molto buffo! È la prima volta che sento una cosa del genere! Non capisco come qualcuno possa aver bisogno di una baby-sitter per cani, soprattutto ventiquattr'ore su ventiquattro, quando ha la madre in casa...»

«Sapevo dell'esistenza dei dog-sitter, ma pensavo che fossero più che altro per i cani di grossa taglia che hanno bisogno di fare moto... Oppure per le persone anziane, troppo deboli per portare a spasso il loro animale.»

«O per le signore raffinate che non si abbasserebbero mai a raccattare le cacche del loro cane. Preferiscono pagare altri per i... bisogni più elementari.»

«Comunque sia, ti assicuro che la nostra Véronique non mi richiamerà.»

«Perché? Non raccogli gli escrementi con sufficiente eleganza?» replicò beffarda Lili.

«Ho passato l'intera settimana a trattare male la sua cagnetta, che era già nevrastenica. E io che pensavo che fosse la vecchia a deprimersi. Dopo quello che le ho fatto patire, sarà lì ancora a tremare tra le braccia della sua padrona. Forse ho esagerato... le ho propinato croccantini secchi mentre, evidentemente, è abituata a caviale e foie gras. Comunque, alla fine con me non si lamentava più!»

«Di che razza è?»

«È un volpino di Pomerania. Una specie di piccolo peluche.»

«Dev'essere un cane masochista.»

«Macché, sono sicura che non mi richiamerà perché ho saltato le sedute di toelettatura e gliene ho fatte passare di tutti i colori! Colette aveva proprio ragione! Conosce benissimo la figlia e aveva capito che non potevo essere stata assunta per occuparmi di lei.»

«Le relazioni famigliari sono sempre un po' complicate. A proposito, hai notizie di Baptiste?»

Rose sospirò. Non dormiva più a casa e non rispondeva ai suoi messaggi da ormai due mesi.

Lili riprese la parola: «Venerdì lo invito a cena a casa mia. Tuo figlio non ha niente da rimproverarmi. Verrà dalla sua vecchia zia per scambiare due chiacchiere e tu farai un'improvvisata, così potrete mettere le carte in tavola una volta per tutte».

Rose sentiva che era una pessima idea. Conosceva bene Baptiste e sapeva che odiava le sorprese. A volte, quando era colto alla sprovvista, andava su tutte le furie.

Quell'«idea brillante» non lasciava presagire niente di buono. Ma non aveva scelta, dal momento che si rifiutava di parlarle.

La conversazione terminò nel momento in cui Rose arrivò a casa. I suoi mobili dell'Ikea e il suo profumo per ambienti le diedero il voltastomaco. Senza Baptiste non era più casa. L'arredamento, le suppellettili, i colori dei muri... tutte le cose che si era premurata di scegliere insieme al figlio per creare un piccolo nido di felicità ora le mettevano malinconia. Era tutto così semplice, quando Baptiste era ancora un bambino che adorava disegnare grandi barche a vela che lei, orgogliosissima, attaccava sul frigo.

Prese una decisione: avrebbe cambiato casa. In quell'istante era in preda al dolore, al dolore della separazione, come se l'uomo che amava l'avesse lasciata per un'altra. Il colmo dell'ironia, per una donna che non aveva mai condiviso la quotidianità con un uomo.

I pensieri di Rose furono interrotti dalla sorella, che prima di salutarla le ricordò la sorpresa da organizzare il venerdì seguente.

«Okay», si limitò a dire Rose.

«Alla prossima puntata, sorellina! Sono certa che andrà tutto bene, e poi si tratta sicuramente solo di una fase. Magari alla sua età ha bisogno di risposte...»

«Senti, Lili, ogni cosa a suo tempo, non mi mettere fretta... Lo so benissimo, credi che non ci abbia pensato?»

Dopotutto, non ha torto. Dobbiamo parlarci e liberarci finalmente di questo fardello, sarà un modo di crescere per entrambi. Forse è davvero giunto il momento. E poi, peggio di così non può andare! Oppure sì?

15

Perdindirindina

SOLA nel suo appartamento, dove non si era neanche presa il disturbo di accendere la luce anche se la sera era calata da un pezzo, Rose passava al setaccio la sua vita. Sul tavolo, le innumerevoli bollette arrivate in meno di una settimana che avrebbero bruciato buona parte dello stipendio appena ricevuto. Lì accanto l'oroscopo del giorno, offerto dal giornale gratuito della metropolitana. Risultato: amore, lavoro, denaro, tutto alla grande! Si ripromise seriamente di contattare l'autore della rubrica per fornirgli un feedback. Secondo la sua pagina su Wikipedia, era preciso nelle sue predizioni quanto Élisabeth Teissier, l'astrologa.

Rose era triste di non vedere più suo figlio, ma in fondo al cuore una vocina continuava a sussurrarle che le cose si sarebbero aggiustate. Come? Ancora non lo sapeva. Giove doveva metterci lo zampino.

Malgrado tutto, era preoccupata per Colette. Eppure aveva fin troppe cose da gestire. Aveva il vizio di affezionarsi sempre, di fare sempre degli investimenti emotivi, pure quando non avrebbe dovuto.

La vecchia signora le sembrava un po' matta, certo, ma capace di farsi voler bene. Rose non riusciva a non provare compassione per lei. Perché si lavava in continuazione? Rose si sentiva un po' una psicologa improvvisata, ma aveva veramente voglia di capire. Se non era lei a occuparsene, chi altri l'avrebbe fatto? Le probabilità di incontrarsi di nuovo, prima o poi, erano minime: Colette non usciva mai.

Come previsto, Véronique non l'aveva richiamata. Rose passò quindi la settimana a riordinare, a sbrigare le faccende di casa, a sistemare i cassetti, tanto per pensare ad altro. Il genere di lavori che non si fanno mai, per cui non si trova mai il tempo o che si rinviano al weekend successivo. Gettò via tre enormi sacchi della spazzatura pieni di vecchie cose. Piegò i vestiti di Baptiste e li ripose in scatoloni che impilò in camera sua. Lasciò tutti i ricordi nei cassetti: il mappamondo luminoso su cui lui aveva immaginato tante volte i futuri giri del mondo in barca a vela, i suoi disegni da bambino, conservati gelosamente, le lettere che le mandava mentre era in colonia e un mucchio di altre cose. Rose non si rassegnava all'idea di liberarsene. E se un giorno Baptiste ne avesse avuto bisogno?

Dopo aver riorganizzato tutto l'appartamento, fu colta dall'angoscia. E se il figlio avesse mollato la scuola? Abbandonando, oltre alla madre, i suoi studi?

Decise di andare alla scuola alberghiera. Seguire il tragitto che il figlio aveva percorso tutti i giorni dal primo giorno dell'anno scolastico la commosse, così come tentare di indovinare dove si sedesse sull'autobus, se a volte si addormentasse con la fronte contro il vetro freddo.

Si sedette in un caffè dall'altra parte della strada a bere una cioccolata calda, in attesa che finissero le lezioni. Sfogliava il giornale a disposizione dei clienti, e alla pagina della cronaca le vennero le palpitazioni: non sopportava più le brutte notizie. All'apertura dei cancelli uscì dal bar per osservare i ragazzi che si disperdevano, sperando di vedere il figlio. Non osava attraversare la strada che la separava dall'edificio, finché non riconobbe Freddy, uno dei migliori amici di Baptiste, un ragazzo beneducato che le stava simpatico. Aveva incoraggiato spesso suo figlio a frequentarlo.

Freddy, sempre molto gentile, le disse che non vedeva Baptiste a scuola da parecchi giorni. E, quando le chiese se Baptiste stesse bene, la giovane madre disorientata serrò i denti e sentì contrarsi la schiena. Non era in grado di rispondere e se ne vergognava. Non sapeva che cosa stesse facendo suo figlio, dove fosse e come se la cavasse.

Fai un respiro profondo.

Sperava con tutto il cuore che Baptiste non avesse mollato anche lo stage. Il suo datore di lavoro l'aveva sempre coperto di lodi e complimenti e gli aveva già promesso un impiego.

Rose si consolò pensando che l'avrebbe visto venerdì alla cena a sorpresa da sua sorella, in piena forma, disponibile a parlarle in tutta calma. Lei avrebbe saputo trovare le parole giuste, si sarebbero riconciliati subito e Baptiste avrebbe ripreso la scuola in tempo per gli esami finali, che erano alle porte.

La settimana fu lunga. Rose guardò un sacco di televisione, in particolare vecchie repliche di soap opera. Mangiò poco, e soprattutto pensò spesso al padre di suo figlio. Non poteva fare a meno di credere che, se ci fosse stato nei momenti difficili, tutto sarebbe stato più semplice.

La sera della cena con Baptiste finalmente arrivò.

Rose si era vestita con cura e attenzione come se l'aspettasse un primo appuntamento. Baptiste a volte le rinfacciava che si vestiva da vecchia, che si trascurava, e così le era venuta voglia di essere più carina del solito. Prima aveva provato a raccogliersi i capelli, ma scoprendo il viso si era accorta di avere gli occhi gonfi e cerchiati, forse aveva pianto troppo negli ultimi giorni. In metro, diretta a casa di Lili, gli auricolari piantati nelle orecchie, ascoltò la radio. La connessione era pessima: sentiva una strofa sì e una no della canzone di *Rocky*: «*The final countdown. Tatatadadada!*»

Baptiste aveva adorato quel film, da ragazzino. Conosceva a memoria tutte le battute.

Mancava solo una fermata, quando le squillò il cellulare. Sul display comparve un numero sconosciuto. Forse Baptiste aveva cambiato il suo? Il che avrebbe spiegato perché non rispondeva più all'altro… Accettò la chiamata con il cuore in gola.

Fai la voce allegra! E super distaccata…

«Buonasera, sono Véronique Lupin.»

Scatto di mascella alla Sylvester Stallone! Rocky di sicuro mi avrebbe detto: «Non è importante come colpisci, l'importante è come sai resistere ai colpi, come incassi».

«Ho bisogno di lei. Parto di nuovo, senza Pépette. Richard deve tenere un giro di conferenze. Si trasferisca definitivamente nell'appartamentino. Stessa remunerazione, stesso impegno assoluto. Dovrà andare due volte alla settimana dalla toelettatrice e tre volte dallo psicologo per cani. Non so cos'ha fatto con la mia adorata cagnolina, ma a quanto pare ha funzionato!»

Rose era stupita, non se l'aspettava. Ma madama la marchesa non sapeva con chi stesse parlando. Lei, della criosauna, non sapeva proprio che farsene. E di lì a poco avrebbe saputo dove poteva ficcarsela, quella proposta.

Alza la guardia, Véronique: io rispondo a ogni colpo!

«Mmh, signora Lupin, la ringrazio, ma devo rifiutare l'offerta. Va contro i miei principi fare la dama di compagnia a un cane quando, evidentemente, è sua madre che ha bisogno di aiuto. Se intende assumermi per Colette, accetterò con piacere. Se si tratta della sua adorata cagnetta, rinuncio.»

Tie'! Dritto sul muso!

Finalmente, tanto per cambiare, Rose aveva detto quello che pensava. Di certo era stata la prima a chiudere il becco a Véronique, e ne andava molto fiera. Sentiva che avrebbe potuto prenderci gusto, eppure rinunciare a una cifra del genere era un vero sacrificio…

In cuor suo, aveva sperato che Véronique Lupin cogliesse la palla al balzo e la assumesse per Colette, ma non fu così. Dopo un lungo silenzio, la sentì dire: «Perfetto, a domani, allora!»

A quanto pareva Véronique aveva ignorato la provocazione di Rose. Okay, era fuori allenamento. Ma, come diceva Rocky: «Non è finita, finché non è finita».

16

Una cena quasi perfetta

ARRIVATA davanti alla casa della sorella, Rose sentì il cuore battere a mille. E se Baptiste non fosse venuto? O, peggio ancora, se fosse venuto e niente fosse andato come previsto? Rose aveva le gambe molli.

Era pronta a fare il primo passo verso Baptiste, a perdonargli il suo silenzio. Aveva altra scelta, d'altronde? Lili aveva ragione, suo figlio aveva sicuramente mandato giù tante frustrazioni che si erano trasformate in rabbia e che aveva poi indirizzato contro Rose. Lei gli aveva tenuto nascosto un bel po' di cose, per proteggerlo, ma i limiti di quel metodo cominciavano a essere evidenti.

Assecondando il suo vizio, aveva consultato l'oroscopo, prima di quella cena a sorpresa.

Già, i buoni propositi, come no! Ma insomma, una piccola eccezione, di tanto in tanto, non ha mai ucciso nessuno!

Vergine: oggi rinnovamento in vista. Vita di coppia: agire prima di piangersi addosso! Abbandonate le vecchie abitudini. Plutone non potrà darvi una mano finché non farete degli sforzi per liberarvi. Chi vi influenza negativamente o vi impedisce di prendere il largo verso nuovi orizzonti? Lavoro: oggi non vi procurerà grandi sorprese, nonostante il vostro bisogno di cambiamento.

L'oroscopo non prometteva niente di buono. Ma che ne poteva sapere Plutone dei suoi rapporti con Baptiste?

Rose stava ancora tergiversando davanti alla porta, quando questa si spalancò e le comparve davanti sua sorella, coperta di farina.

«Quanto pensavi di aspettare, prima di deciderti a suonare? E che faccia! Non è mica morto qualcuno, sai! Non ancora, almeno.»

Rose si accomodò sul divano e vide una ventina di stuzzichini diversi già piazzati sul tavolino: samosa, crudité tagliate a fettine con varie ciotoline di salse, bliny e un bicchiere di vino rosso bevuto per metà. Lili la attendeva da un bel pezzo, e aveva iniziato a festeggiare il weekend senza di lei.

«Allora, cara la mia dog-sitter dell'anno! Un kir alla mora, come sempre?»

«No. Oggi Plutone vuole che io prenda il coraggio a quattro mani. Hai gli ingredienti per un Tequila Sunrise o del rum per un Mojito? Quello che vuoi, basta che sia doppio. Il coraggio non si trova certo dietro l'angolo, per strada. Però, parlando del mio talento di baby-sitter per cani, non sai quanto hai ragione! Devo raccontarti la telefonata assurda che ho appena ricevuto...»

Rose le raccontò la discussione avuta con la Lupin junior, mentre Lili in cucina preparava un magnifico cocktail arancione. Rose, al primo sorso, fece una smorfia.

«Non ci sei andata leggera, eh? Brucia le labbra e lo stomaco. Assaggio lo tzatziki per tamponare un po'. Notizie di Baptiste?» chiese, con l'aria più distaccata possibile.

«Sì, passerà per il dolce. La settimana scorsa ha fatto una commissione per me e gli devo cento euro. Verrà, stanne certa. Nell'attesa, cominciamo a mangiare?»

Per lo stress Rose deglutì rumorosamente, cosa che fece storcere il naso alla sorella. Per ritrovare il contegno, bevve una bella sorsata del suo cocktail e cambiò discorso. «Ma perché hai i capelli e il grembiule coperti di farina?»

«Ah, perché ho fatto la pasta di sale. Ho iniziato un corso di meditazione, e l'insegnante raccomanda di trovare un'attività che svuoti la mente. Ho provato con gli album da colorare, ma non fanno per me. Allora sto sperimentando delle attività manuali che mi rovinano la cucina e la tinta alle pareti. E attenzione! Adesso mi alzo tutti i giorni alle cinque, si chiama '*power morning*'. Risultato: sono stanca morta e in ufficio non faccio che sbadigliare. L'altro giorno ho perso anche qualsiasi credibilità con i colleghi, visto che uno di loro mi ha sorpreso a fare la siesta nel mio ufficio.»

«Ma dimmi un po': perché lo fai? Non hai figli e lo studio non apre prima delle nove!»

«A essere sincera, non me lo ricordo neanche più. L'ho letto da qualche parte e un collega mi ha detto che era fantastico.»

«Dovevi chiedere prima a me, sorellina: io mi alzo alle cinque da anni e non per questo sono diventata più zen. Mi versi un altro bicchiere? Sento arrivare il coraggio…»

Due Tequila Sunrise e qualche *moelleux* al cioccolato dopo, Lili e Rose erano molto rilassate. Stravaccate sul divano davanti alla tv senza audio, si resero conto solo quando il campanello suonò che si erano completamente dimenticate di tenere da parte un po' di dolce. Rose si irrigidì all'istante.

Lili assunse il controllo della situazione: «Tu non aprire bocca, lascia che sia io a gestire il tutto, okay?»

Rose annuì e prese un respiro profondo.

Baptiste entrò in salotto e, appena la vide, si bloccò. «Che cos'è, un'imboscata?»

«Ehi, calma! È venerdì e, come tutti i venerdì, è la nostra serata, mia e di tua madre. Vado a prendere i soldi che ti devo. Nel frattempo saluta tua mamma.»

Lili si eclissò, abbandonando Rose e Baptiste in un silenzio pesante. Il ragazzo si chinò sulla madre per darle un bacio di cortesia. Rose non era in grado di alzarsi e in ogni caso, se anche avesse voluto provarci, le gambe non l'avrebbero sorretta. Baptiste distolse lo sguardo. Rose si disse che forse l'audio della tv avrebbe riscaldato l'ambiente, diventato all'improvviso glaciale. Vedendo che il figlio sembrava affabile come un buttafuori, azzardò: «Non ti siedi?»

«Sì, sì.»

«Ti va di bere qualcosa?»

«Ehm... Okay, prendo un bicchiere di vino.»

«Ah, bevi il vino adesso? È una novità?»

«Non sai tutto della mia vita, Rose. Sì, sto scoprendo il vino, mi interessa e ti ricordo che a scuola ci sono dei corsi di Enologia...»

«Mi sembra che tu non la stia frequentando molto, in questo periodo...»

Ancora immobile in mezzo al salotto, Baptiste valutava tre possibilità: rifiutarsi di rispondere, dare una rispostaccia o mostrare un minimo di cortesia. «Ti sei messa a spiarmi, adesso?» disse alla fine.

«No, ma, da quando te ne sei andato, neanche una

parola da parte tua, non mi rispondi più al telefono… Sono tua madre e mi preoccupo, è normale, no?»

«Sì, boh…. Però non c'è nessuna ragione di preoccuparsi, sto benissimo.»

Baptiste si versò un bicchiere di vino, maneggiando la bottiglia come un grande maître. Si bagnò le labbra.

«Ascolta, Baptiste, ci ho riflettuto, forse sono stata dura con te. Penso che dovremmo parlarne e che dovrò mettermi in discussione, ma dovrai collaborare un po' anche tu. Vorrei solo che tu mi spiegassi cos'hai da rimproverarmi.»

«Mi siedo, hai ragione.»

Mentre Baptiste giocherellava nervosamente con il cellulare, Rose si accorse che aveva cambiato l'immagine sullo schermo… L'aveva solo intravisto, ma aveva avuto il tempo di riconoscere i capelli rossi e il viso giovane di Jessica, appiccicato a quello di Baptiste, guancia a guancia. Il ragazzo si affrettò a infilarsi lo smartphone nella tasca dei jeans e lei sentì una fitta al cuore.

Suo figlio rialzò la testa e la squadrò. «Mi sembra che sia un po' tardi per parlare.»

«Non è mai troppo tardi, Baptiste.»

«Ah, davvero? Perfetto! Allora, se non è mai troppo tardi per dirsi tutto, siamo ancora in tempo per parlare di mio padre?»

Rose restò di stucco. Non se l'aspettava. Lili ci aveva visto giusto fin dall'inizio: Baptiste era pieno di rabbia, di rancore. Sapeva bene che le risposte evasive di cui si era accontentato da bambino non gli bastavano più, ma perché stava accadendo proprio in quel momento? Perché il suo risentimento era esploso all'improvviso?

«È una storia complicata, Baptiste. Dobbiamo parlarne con calma.»

«Io sono calmissimo. Sei tu che hai sempre trovato delle scuse per evitare l'argomento.»

«È per questo che sei andato via di casa?»

«Non solo.»

«Perché ce l'hai tanto con me, tutto d'un tratto?»

«Ho bisogno di sapere chi è mio padre. E in fretta.»

«Non capisco…»

«Rose, ascolta, Jessica è incinta. Diventerò papà.»

CHE COSA??? Che cosa sta dicendo?

17

Buon sangue non mente

ROSE era distesa sul pavimento, mentre Baptiste le faceva aria con la guida tv. Quando tornò in sé, si ritrovò seduta davanti allo schermo curvo di ultima generazione che Lili si era regalata di recente. Il presentatore abbronzato sembrava rivolgersi a lei, guardandola negli occhi. L'audio era ancora a zero, ma Rose si immaginò che le stesse chiedendo: «Stai bene, Rose? Respira e tutto andrà meglio...»

Non appena la futura giovane nonna si fu ripresa del tutto, provò a bombardare il figlio di domande, ma dalle labbra le uscì solo un «hic», seguito da un violento singhiozzo. Non aveva mai avuto la battuta pronta. Lili le portò un bicchierone d'acqua, senza capire il motivo di quel malore.

«Ecco, bevi... E la prossima volta vedi di evitare i cocktail e i miscugli, a quanto pare non fanno per te! D'ora in poi ti limiterai al tuo kir alla mora, ormai hai una certa età e le nonne non bevono...» Davanti allo sguardo cupo della sorella e all'aria imbarazzata del nipote, Lili non capì subito di aver fatto una battuta inopportuna, alla luce degli ultimi avvenimenti. «Ho detto qualcosa di sbagliato?»

Baptiste chinò la testa. Rose si mise seduta.

«È da molto che me lo nascondi?»

«Sei mesi, non sapevo come dirtelo.»

«Sei mesi!!! Comunque avresti potuto dirmelo prima! È il colmo che tu mi faccia la morale sulla faccenda di tuo padre...»

«Io ho tenuto il segreto per sei mesi, va bene?!... Tu invece per diciott'anni, dunque mi manca ancora un bel po' per battere il tuo record!»

Per quanto riguarda le battute pronte, il giovane rampollo non ha proprio preso da sua madre...

Il secondo pensiero che attraversò la mente di Rose fu: Sta per commettere lo stesso errore che ho fatto io. Ma sapeva bene di non poterlo dire a Baptiste, altrimenti avrebbe interpretato la sua nascita come un errore, il che era molto lontano dai suoi sentimenti.

Eppure era un gran peccato per quel ragazzo: perché precipitare le cose, quando era ancora così giovane? Avrebbe dovuto godersela un po', prima di impegnarsi per tutta la vita.

Lili non capì nulla del loro scambio e sembrava appena sbarcata dalla Luna.

Baptiste tornò serio. «Devo prendermi le mie responsabilità, come mi hai sempre insegnato tu.»

Sì, certo, ma io ho le spalle larghe!

«La data prevista del parto è fra tre mesi, però Jessica ha già delle contrazioni e il bambino potrebbe nascere prima.»

Lui, papà? Ma è ancora un bambino! Il mio bambino! E io, nonna? Nonna a trentasei anni!!!

«Certo, siamo rimasti sorpresi dalla notizia... soprattutto i genitori di Jessica, però adesso hanno accettato l'idea e ci sostengono.»

E a me pensavano di parlarmene, o conto come il due di picche?

«Quando ho saputo che Jessica era incinta per me è stato immediato: dovevo capire da dove vengo, scoprire chi è mio padre. Ho cercato di fare delle ricerche per conto mio, ma niente, tu non mi hai fornito nessun indizio. Sto per diventare padre, ho bisogno che adesso tu mi dica la verità e risponda finalmente alle mie domande.»

Rose non riusciva a riprendersi, a dipanare le emozioni, in lei si agitava una violenta confusione. Lili, intanto, le si era seduta di fianco e le aveva preso una mano.

È troppo giovane! Io sono troppo giovane! Non è possibile! Non mi sento bene.

Baptiste era di nuovo muto come un pesce, più che consapevole del disagio che aveva creato.

Lili lanciò un'occhiata alla sorella in stato di choc e, per alleggerire l'atmosfera, buttò lì sorridendo: «È una buona notizia. La nostra famiglia si allarga!»

«Sì, e nel caso ve lo stiate chiedendo, sappiate che non si è trattato di un incidente. Io e Jessica ci amiamo e avevamo voglia di avere un bambino. Vedi, Rose, diversamente da te, io non lo considererò mai un errore di gioventù. Noi desideriamo questo bambino!»

«Baptiste, non essere così duro con tua madre! Stai esagerando! E poi sai che le cose non stanno affatto così!»

«Sinceramente, non saprei. È lei che esagera, privandomi di mio padre per tutta la vita.»

«Ho fatto del mio meglio. Volevo soltanto proteggerti.»

«A quanto pare non ci sei riuscita. Tocca a te rimediare ai tuoi errori. Ti darò la possibilità di vedere il tuo nipotino solo quando mi avrai rivelato il nome di mio padre.»

Rose saltò in piedi e lo supplicò: «No, aspetta, Baptiste. Non puoi farmi questo. Discutiamone con calma».

La porta sbatté. Rose scoppiò a piangere sulla spalla di Lili. Andò avanti per un po', prima che facesse mente locale e dicesse, tra i singhiozzi: «Ha detto 'nipotino'? Credi che sia un maschio?»

18

Fate figli (facile a dirsi)

Rose era ridotta a uno straccio. Suo figlio l'aveva messa KO al primo round. Non aveva avuto il coraggio di tornare a casa, da sola, per ritrovarsi ancora più sola. Aveva accettato senza protestare il letto che le aveva preparato la sorella, ma, al buio, non riusciva a dormire. Nella sua mente rivedeva la serata appena trascorsa, immaginava risposte più intelligenti da dare al figlio, che di sicuro avrebbero mutato il tono della discussione. Ma forse non il contenuto.

Si sentiva una nullità. Niente era andato come previsto, mentre Lili, invece, era riuscita ad affrontare la situazione, con lei e con Baptiste. Appena il nipote se n'era andato, aveva tirato Rose su di morale. Alla richiesta di suo figlio, Lili aveva commentato: «Doveva succedere, prima o poi! Non è un colpo basso». Baptiste di certo non credeva a ciò che aveva detto, non avrebbe mai interrotto i rapporti con Rose o con la zia, era solo in piena crisi di identità. Come essere un buon padre, quando non hai mai conosciuto il tuo, quando non sai perché ti ha abbandonato?

Lili aveva tentato di cambiare discorso. Secondo lei, Rose doveva accettare il lavoro offerto da Véronique

Lupin. Pur indignata all'idea che si potesse assumere qualcuno per badare ventiquattr'ore su ventiquattro, sette giorni su sette, a un cane, abbandonando la propria madre al suo destino, Rose non aveva avuto la forza di contraddire la sorella. Non dopo una serata del genere.

D'altronde, bisognava dare a Cesare quel che è di Cesare. Lili era stata molto convincente nel dimostrarle che quel lavoro poteva rivelarsi una fortuna: tra l'altro, se lei non si fosse decisa ad accettarlo, sarebbe andato a qualcuno con meno scrupoli, che non avrebbe badato neanche per un secondo a Colette.

Rose cominciava a capire che, in effetti, poteva essere un'opportunità d'oro. Doveva soltanto ottenere da Véronique il permesso di trascurare la cagnetta per qualche ora e occuparsi «gratis» di Colette.

Ecco come Lili aveva finito per persuadere Rose: «Da questa prospettiva, il lavoro ti offre più stabilità: un cane non vive a lungo, ma tu devi mangiare ancora per qualche anno!»

Tanta freddezza analitica l'aveva lasciata perplessa. Si augurava di trovare un lavoro soddisfacente, che la facesse sentire utile, ed essere la dama di compagnia di un cane non era esattamente una vocazione. Ma, se in quel modo avesse potuto restare al fianco di Colette, ci avrebbe provato. Era scandalizzata dal fatto che si potesse abbandonare così la propria madre, pur avendo la fortuna di averla ancora con sé.

Lei e Lili non avevano mai conosciuto la madre, o meglio, l'avevano conosciuta per poco tempo. E non abbastanza, dato che era molto distante con loro. Nessuna delle due ricordava un solo momento di complicità trascorso con lei. Il padre la menzionava di rado, ma sempre con tenerezza e nostalgia. Le due sorelle non avevano mai fatto domande, né perché, né percome. Era una sorta di patto segreto a tre, che nessuno aveva voluto infrangere, neanche con l'avvicinarsi della morte del padre, ormai anziano. Per non ferirlo, dato che aveva fatto del suo meglio per compensare l'assenza di una donna nelle loro vite.

Invece lei, con Baptiste, si era sforzata di ricoprire entrambi i ruoli, affinché al figlio non mancasse mai niente. Pensava di esserci riuscita, fino a quella sera, quando era risultato evidente che aveva sofferto molto di più di quanto avesse dato a vedere.

Certo, le aveva fatto spesso delle domande. Chi era suo padre? Che tipo era? Perché non viveva con loro? Era ancora vivo? Come si erano conosciuti? Si erano amati? Rose se l'era sempre cavata con vari giochetti di prestigio – un nome inventato sul momento, una professione diversa –, proteggendo così Baptiste dalla verità. Affinché non soffrisse. Ma a quel punto aveva capito che i suoi silenzi avevano scavato una voragine nel cuore del figlio, un abisso incolmabile che li divideva. Forse aveva ragione, forse era arrivato il momento di dirgli la verità. Era adulto e stava per diventare padre, dopotutto… Continuava a ripeterselo, come per convincersene davvero.

Quando non si conosce una cosa, ce la si può immaginare molto peggio di quanto non sia in realtà. Quante volte, del resto, Baptiste le aveva rimproverato di essere una madre incapace, che non era riuscita nemmeno a tenersi il marito? La verità era molto lontana da simili accuse, ma Rose aveva incassato senza contraddirlo.

Si girava e rigirava nel letto, con un nodo in gola. Era divisa tra la voglia di piangere tutte le sue lacrime e la voglia di prendere il telefono e dirne quattro a

Baptiste, come ogni madre ha diritto di fare quando il figlio supera i limiti. Ma, in quel caso, i limiti erano diventati vaghi, i torti ripartiti.

Lili bussò alla porta della sua camera facendo capolino con la testa.

«Servizio in camera! Sapevo che non stavi dormendo. Resisti alla voglia di chiamare Baptiste?»

«A fatica, ma resisto. Ci tengo ancora a sistemare le cose con lui e non voglio essere quella che rovina tutto. Sono persino disposta a fare il primo passo!»

«Credo che sia lui ad averlo fatto. Guarda che cosa mi ha appena scritto. Sapeva che avresti dormito da me.»

Rose afferrò il cellulare della sorella, che uscì dalla stanza. Messaggio di Baptiste, ricevuto alle 3.41. Anche lui non riusciva a prendere sonno, a quanto pareva.

Non c'erano parole, ma solo un'immagine: la foto di un'ecografia. A guardarla da vicino, nulla faceva pensare che si trattasse di un maschio. E se invece fosse stata una femmina? Era sempre stato il sogno di Rose.

Si addormentò stringendo al cuore il cellulare della sorella. Maschio o femmina, sentiva già di amarlo, quel tesorino.

19

Fare di ogni erba un fascio

QUANDO Rose entrò nel grande salotto asettico di Véronique Lupin per accettare ufficialmente l'incarico, il coraggio rischiò di abbandonarla. Ma doveva tenere duro. Aveva un messaggio importante da comunicare: «Okay, mi prendo cura di Pépette, alla sola e unica condizione di occuparmi anche di Colette».

Rose non gliel'avrebbe detto ma, una volta accettato il lavoro, contava di sbrigare in fretta le faccende relative alla bestiola e di riservare più tempo possibile all'anziana signora, per aiutarla a tornare autonoma.

Véronique era adagiata sul divano, in un elegante pigiama bianco. I pantaloni di cotone davano l'impressione di essere di una morbidezza sbalorditiva e infatti la cagnolina, che ci vedeva lungo, teneva la testa appoggiata sulla magra coscia della sua padrona.

Véronique Lupin era intenta a guardare un video sul computer. Intorno a lei, in un silenzio da cattedrale, una donna delle pulizie spazzava in ogni angolo. Evidentemente non poteva usare l'aspirapolvere per non disturbare la donna. Di Colette non c'era traccia. Doveva essere di sopra, probabilmente sotto la doccia.

Quando Rose tossicchiò per segnalare la sua presenza, Véronique sollevò a malapena gli occhi dallo schermo. In tono calmo e sicuro, che stupì lei per prima, annunciò che avrebbe accettato con grande piacere il lavoro, ma a una condizione. A quel punto Véronique storse il naso e si alzò immediatamente, parandosi davanti a Rose, che indietreggiò. Il suo viso era molto strano, immobile e gonfio.

«Oggi non è giornata, sono stanca. Sono passata nello studio di Richard stamattina e non ho più l'energia di lottare con il popolino. Cos'è, vuole un aumento? Credevo di essere stata abbastanza generosa. L'alloggio a disposizione, la paga... E va bene, mi arrendo. Posso tornare a dedicarmi alle mie cose o ha altre questioni di importanza capitale da sottopormi?»

«Be', in realtà sì.»

«Ci avrei giurato. Non si ricorda che io odio perdere tempo? E per colpa sua non ho potuto seguire l'ultima scena.»

Rose si avvicinò e riconobbe la serie che Véronique Lupin stava guardando: *Devious Maids – Panni sporchi a Beverly Hills*, una specie di *Desperate Housewives* le cui eroine erano domestiche che lavoravano presso grandi famiglie ricche. La situazione, per i gusti di Rose, era più che assurda: Véronique si divertiva guardando sul piccolo schermo delle donne di servizio, mentre la sua si dava da fare nel suo salotto. C'era qualcosa di perverso.

Rose riprese: «Solo un dettaglio: non accetto l'offerta se non mi autorizza a prendermi cura anche di sua madre, oltre che della cagnolina».

«Si chiama Pépette, veda di ricordarselo. È sgarbato trattarla così male. In questo momento è molto fragile.»

Véronique Lupin riportò indietro il video e si piazzò

di nuovo sul divano. Rose rimase in attesa e, dopo un po', si schiarì di nuovo la voce.

Véronique le puntò addosso uno sguardo vuoto: evidentemente si era dimenticata che Rose era ancora in salotto e che lei non aveva ancora risposto alla sua richiesta. Rose era decisissima a non andarsene senza averla ottenuta.

«Ma che altro c'è?» chiese, esasperata.

«Ho il suo consenso per occuparmi di Colette, oltre che di... Pépette? Se è d'accordo, mi trasferisco oggi stesso nell'appartamentino. E da domani inizio.»

«Quante storie! Faccia come le pare. Oggi non ho veramente fiato da perdere in trattative inutili. Ma si ricordi che la priorità deve restare Pépette. Per me è tutto. Questa cagnolina è il bambino che non ho mai avuto.»

O voluto, pensò Rose.

«Siamo d'accordo, allora. A domani, signora Lupin.»

«D'accordo. Vada!» esclamò fredda Véronique. Poi, girandosi verso la domestica: «E lei faccia meno rumore con quella scopa! Non sento niente!»

20

In carrozza, si parte!

USCENDO da casa di Véronique Lupin, Rose esaminò il programma che quest'ultima aveva messo a punto per Pépette, un piano degno di un ministro: ogni settimana tre appuntamenti da uno psicologo per cani e due sedute di toelettatura. E, ogni giorno, leccornie ordinate da Lenôtre, due passeggiate in parchi situati all'altro capo di Parigi, e frequentazione di amici a quattro zampe, probabilmente conosciuti al club *Racing*. Senza dimenticare le sessioni fotografiche quotidiane per arricchire la pagina di Pépette sui social. Rose cominciava a intuire che quel botolo doveva avere una vita molto più piena della sua, anche se non necessariamente più interessante.

Non c'è da stupirsi se il cane è disturbato! Gli viene riservato un trattamento di favore degno della regina d'Inghilterra, quando la sua unica prodezza è fare i bisogni là dove non deve!

Era sempre più chiaro che dedicare del tempo a Colette sarebbe stato più difficile del previsto. Soprattutto se le toccava attraversare tutta Parigi con i mezzi pubblici per offrire il meglio a quell'animale viziato. Stava per infilarsi in metropolitana per tornare a Noisy-le-Grand e organizzare il trasloco, quando una grossa berlina nera rallentò al suo fianco. Il finestrino si abbassò e un uomo in divisa da autista le chiese: «Signorina, dove andiamo?»

Rose gli lanciò un'occhiataccia. Per chi la prendeva? Per una del mestiere? Quel «signorina» però non l'aveva lasciata indifferente, non se lo sentiva dire quanto avrebbe desiderato, ma quello non era comunque il modo di abbordare una donna, era inammissibile!

Stava per farglielo notare, quando lui proseguì: «Sono Georges, l'autista della signora Lupin. Dal momento che oggi la signora non si mostrerà in pubblico dopo l'appuntamento mattutino dall'estetista, ho tutto il tempo di aiutarla a traslocare, se lo desidera... A meno che non abbia già previsto un altro mezzo di locomozione per trasportare tutti i suoi effetti personali. Abita a Parigi?»

A Noisy-le-Grand, in meno di tre ore gli oggetti di tutta una vita furono impacchettati, i mobili ricoperti da un telo e le pulizie fatte. Rose aveva messo in un deposito le poche cose a cui teneva ma che non sarebbero entrate nell'appartamentino. Prudente com'era, trovava quel trasloco assolutamente prematuro e poco ragionevole, dato che non aveva ancora superato il periodo di prova (a meno che non fosse stato la settimana precedente, chissà), però Lili si era mostrata ancora una volta convincente: alla peggio, se si fosse ritrovata in mezzo a una strada, avrebbe potuto trasferirsi da lei.

Licenziata come una sudiciona da Véronique Lupin!

Rose aveva deciso di portare con sé le cose di Baptiste, che per lei erano come reliquie: considerava i quaderni delle filastrocche dell'asilo, i temi delle medie e le foto di classe vestigia di un tempo per cui provava nostalgia.

Solo il cactus secco era finito nella pattumiera senza alcun rimpianto. Georges era tornato con un furgone e l'aveva aiutata a trasportare quel che avrebbe lasciato nel deposito. Quando Rose fece un ultimo giro nel suo appartamento ormai vuoto, sentì una stretta al cuore. Era la fine di un'epoca. Lasciare quella casa aveva un sapore luttuoso. Anche se aveva sempre saputo che quel giorno sarebbe arrivato, non se l'era immaginato così. E soprattutto non così vicino. Prese l'ultimo scatolone pieno di foto e lettere, si chiuse la porta alle spalle e disse addio alla sua vita precedente. Da quel momento in poi, avrebbe guardato soltanto in avanti. Da sola, senza possibilità di fare marcia indietro.

Plutone sarà contento. Che succeda quel che deve succedere!

21

Calpestare i sogni prima di coltivare la felicità

L'APPARTAMENTINO era comodo e, decorato con le sue cose, l'ampio spazio sembrava una mansarda accogliente, piena di promesse. Per sentirsi a casa Rose aveva disposto le sue foto, montato le sue tende e messo le sue coperte colorate sul letto, e acceso un bastoncino d'incenso.

Sfinita dalla giornata trascorsa a fare e disfare scatoloni, si piazzò sul divano e si concesse qualche minuto di pausa. Prese la scatola che conteneva le foto e altri ricordi della sua vita con Baptiste e si addentrò in un viaggio nel passato.

Le venne una stretta al cuore quando tirò fuori la prima ecografia e il braccialettino azzurro del reparto maternità. Le prime foto le ricordarono che Baptiste era stato un neonato veramente troppo magro. Alla nascita aveva avuto una grandissima paura che non ce la facesse, che perdesse troppo peso. Era debole e faticava a raggiungere la giusta temperatura corporea, per cui aveva passato la prima notte nell'incubatrice, mentre lei guardava dal vetro quel minuscolo torso nudo sollevarsi con regolarità. L'aveva amato fin da subito.

Quando il giorno dopo aveva finalmente potuto tenerlo tra le braccia, Baptiste le aveva afferrato un dito, e non l'aveva più mollato. A partire da quel contatto si era ripromessa di non separarsi più da lui. E tanta pappa e tanto amore avevano dato buoni frutti: come se avesse voluto rassicurarla, il piccolo si era ripreso benissimo, grammo dopo grammo, offrendo le sue belle guanciotte da mangiare di baci. Se è vero, come si dice, che tutto si decide entro i primi sei anni di vita, Rose era serena per quanto riguardava il rapporto affettivo con il suo bambino: lo aveva sbaciucchiato fino all'overdose.

In effetti, non c'è da stupirsi se cerca di staccarsi da sua madre.

Scovò anche una scatolina, di quelle che solitamente contengono un bell'anello. Ci aveva messo i dentini che, notte dopo notte, il topolino aveva raccolto sotto il guanciale. Ai suoi occhi erano veri diamanti! Se Colette avesse scoperto quei piccoli tesori avrebbe avuto un infarto. Ma lei poteva dirsi soddisfatta: lo smalto era igienico, in confronto al pezzo di cordone ombelicale che era stata costretta a gettare via, dopo qualche anno, suo malgrado!

Rose riscoprì poi le cartoline che le aveva mandato il figlio durante la prima settimana bianca o da qualche gita scolastica, o dagli innumerevoli campi estivi. La sua grafia, sempre diligente ma irregolare, mostrava qui e là delle cancellature, non pochi errori e, soprattutto, molto amore: «Ti voglio bene, mamma». In quei messaggi laconici e moderatamente descrittivi, Baptiste si concedeva delle chiuse sincere che ancora la commuovevano.

Rose si disse che sarebbe stato meglio cominciare le lettere dalle ultime frasi. Sono sempre quelle che parlano con il cuore ed esprimono davvero quello che non si osa dire all'inizio. Al termine di una lettera emerge una sorta di urgenza che tradisce il timore della mancanza di spazio e spinge a dire finalmente le cose più importanti.

Quel viaggio a ritroso le fece bene. Il suo piccolino era cresciuto. Lo sapeva già, ovvio, ma non aveva mai capito quanto fosse pronto a fare le sue esperienze senza di lei. Esperienze che lei chiamava «errori», ma che lui definiva semplicemente «la vita».

Rose aveva preso una decisione. Avrebbe parlato a Baptiste di suo padre, rivelandogli il nome. Sapeva già che il figlio sarebbe stato frustrato, perché lei non aveva proprio modo di dirgli dove fosse attualmente quell'uomo, pur con tutta la buona volontà del mondo! Si erano persi di vista da più di diciott'anni, senza più alcun contatto. Rose aveva persino tentato di ritrovarlo su Internet. Era invisibile, sembrava che fosse uno dei pochi senza un profilo Facebook.

Ancora in preda alla nostalgia, cercò nella scatola dei ricordi l'unica foto di lui che aveva conservato e che aveva nascosto per non dover affrontare le domande di un Baptiste troppo piccolo. Alla fine la trovò, chiusa in una busta.

L'uomo era molto giovane, vent'anni al massimo, ma già indossava un camice da medico. La foto era stata scattata all'esterno, in quello che sembrava un Paese caldo. Il giovane uomo sorrideva con aria affascinante, fissando l'obiettivo. Rose girò la foto, sul retro c'era una scritta: PIERRE CHENAIS, 1998. MALI.

La forza del ricordo evocato era intensa, la ferita della separazione non si era ancora cicatrizzata del tutto, neanche dopo diciott'anni. Rose rimise la foto nella busta e infilò la scatola sotto il letto.

Quella notte fece dei sogni strani. Si trovava a bordo della navicella spaziale di *Guerre stellari.* Era tutto molto confuso, ma lei sembrava essere nella pelle di Baptiste. A un tratto compariva Dart Fener e le rivelava con voce metallica: «Io sono tuo padre». Rose sperava che Pierre non fosse cambiato così tanto!

22

Mordersi la lingua

PRIMO giorno ufficiale. Alle otto del mattino, Rose era pronta, all'ingresso della casa di Véronique Lupin, per prendere Pépette. Soffiava un vento gelido. Rose si disse che l'indomani si sarebbe messa una canottiera di lana: a quel ritmo non avrebbe di certo perso peso, ma la salute.

Nella cuccia extralusso, neanche l'ombra del cane che avrebbe dovuto portare fuori. E nessuna traccia della presenza di Véronique, né di Colette, che doveva essere nel suo appartamento. Rose fece un fischio per chiamare la cagnetta, che non comparve.

Si azzardò allora ad andare di stanza in stanza, in cerca della palla di pelo, quando si ritrovò faccia a faccia con Véronique Lupin, che la fulminò con lo sguardo. Le labbra e le guance si erano un po' sgonfiate, ma conservava una vaga somiglianza con il protagonista di *Elephant Man*.

«Che cosa sta cercando?» buttò là, glaciale.

Doveva essere appena uscita dal suo frigo dimagrante. Rose stava per scusarsi e lanciarsi in una spiegazione esaustiva, però le venne in mente che alla donna non piaceva perdere tempo, tantomeno con il *popolino*, per cui optò per una risposta sintetica. «Pépette. Non l'ho trovata nella cuccia. Volevo portarla a fare la passeggiatina del mattino. Vuole che compri qualcosa per il pranzo o la cena?»

«Ma che ne so io! Crede davvero che tocchi a me aprire il frigo? Crede che paghi del personale per fare tutto da sola?»

«No, certo che no, signora Lupin. Me ne occupo io.»

«Non ha capito. Lei è pagata, e anche lautamente, per occuparsi di Pépette. Punto e basta. Si faccia i cavoli suoi e andrà tutto bene. In ogni caso, se la sbrighi da sola, io porterò la cuoca con me per tutta la settimana. Ai convegni di Richard si mangia sempre male, e troppo.»

La cuoca? Ma io non ho mai visto nessuna cuoca, qui! Non ci capisco niente…

«D'accordo. Quando prevede di tornare?»

«Quando mi girerà. Non è comunque a lei che devo rendere conto. E adesso sparisca. Ho delle cose importanti da fare.»

Le unghie, pensò Rose.

«Ma dov'è Pépette?» osò chiedere.

«Nel mio letto, che cosa crede? Si dà il caso che io abbia un cuore. Non lascio certo la mia piccolina battere i denti fuori dalla porta.»

Pensavo che fosse congelata anche lei.

Véronique Lupin entrò nella sua camera, sollevò la bestiola ancora addormentata tra le morbide lenzuola e la porse a Rose.

«E mostri un po' di spirito d'iniziativa, accidenti! Mi assenterò per parecchi giorni, dovrà cavarsela da sola. Georges la porterà dove vuole, ma sta a lei vegliare sulla casa. Anche perché tra poco inviterò gente che conta. Pépette dovrà essere irreprensibile ed eseguire semplici numeri da circo.»

«In che senso, gente che conta?»

«A livello politico. Il sindaco di Parigi vuole costruire proprio qui sotto un nuovo centro di accoglienza per i senzatetto. Si renderà conto che stiamo arrivando a un'indecenza inimmaginabile. Nel giro di un anno i nostri appartamenti hanno già perso il 10 per cento del loro valore per colpa dei barboni che vanno in giro a frugare nella nostra spazzatura. E se gli costruiscono pure un alloggio stabile, i prezzi cadranno in picchiata! Ma non ci lasceremo infinocchiare! Siamo noi a pagare le tasse in questo Paese, noi che teniamo in piedi la Francia! Ah, ora che ci penso, devo spostare l'appuntamento con il mio consulente di ottimizzazione fiscale…»

Ah, ecco, mi pareva!

Véronique Lupin era riuscita a mettere a tacere la sua dipendente. Rose era senza parole da parecchi secondi, sperava che la donna scoppiasse a ridere e le confermasse che si trattava di uno scherzo di cattivo gusto. Ma non fu così. Solo quando Pépette cominciò ad agitarsi tra le sue braccia, Rose si riscosse dal torpore e uscì di casa. Aveva bisogno d'aria. Non dell'aria gelida e asettica di quella casa, ma di quella inquinata della strada, che trasudava vita.

23

A mali estremi, estremi rimedi

VÉRONIQUE la faceva impazzire. Rose si diresse a passo deciso verso il *Café des Batignolles*. Pépette, al traino, faticava a starle dietro. Il barista belloccio, Edgar, la accolse con un gran sorriso e le preparò un cappuccino fumante, senza nemmeno aspettare l'ordinazione. Era sempre così gentile e simpatico che avevano finito per fare amicizia. Parlare con qualcuno che non apparteneva alla sua vita capitava di rado ed era molto piacevole. Rose si rese conto che, per la prima volta da molto tempo, si era ricreata delle abitudini.

Pensò a Colette, una donna misteriosa, che la spiazzava. Era difficile crederlo, ma non aveva sempre vissuto da reclusa: Georges, l'autista, le aveva raccontato che una volta guidava la macchina e che aveva sempre lavorato, benché non ne avesse bisogno. Ore e ore al servizio degli altri. Le aveva descritto una Colette molto diversa, aperta alla vita, al mondo, socievole e disponibile, il che aveva acuito la sua curiosità. Che cosa le era capitato da spingerla a un eremitaggio tanto estremo?

La cagnetta si agitava ai suoi piedi. Rose non aveva la minima voglia di tornare nel frigo di Véronique. Edgar, come se avesse intuito il suo sconcerto all'idea di lasciare il caffè, le propose una tazza di cioccolata calda mentre portava la cagnetta un po' più in là, per farle eseguire semplici esercizi di addestramento con l'aiuto di un pezzettino di brioche. Il ragazzo ci sapeva fare e Pépette si mostrò molto collaborativa. Seduta, terra, salta: un bocconcino. Rose li guardava a distanza, grata per quel momento di pausa. Stava scorrendo il giornale, evitando le pagine di cronaca, quando entrò un gruppetto allegro di clienti che si sedette al tavolo vicino.

Edgar venne a salutarli, poi si rivolse a Rose: «Mi permetta di presentarle i miei amici Morgane, Isabelle, Anne e Laurent. Hanno tutti un negozio nei dintorni e iniziano sempre la giornata qui, tutti insieme, davanti a un caffè. È un piccolo rituale! Morgane vende abbigliamento per bambini. Isabelle ha una pasticceria. Anne gestisce un mercatino dell'usato. E Laurent è un floro-paesaggista».

Rose li salutò con un timido cenno del capo. Tutti le risposero con un sorriso, un gesto della mano, uno sguardo benevolo. Era poca cosa, ma per lei era molto.

Edgar proseguì: «Rose abita nel quartiere da poco. Lavora per la signora Lupin junior. Véronique».

Tutti si scambiarono uno sguardo d'intesa.

«Sì, avevo riconosciuto il cane!»

Laurent aggiunse ridendo: «Sappia, cara signora, che lei ha tutta la mia ammirazione!»

Rose sorrise imbarazzata. «È così grave?»

«Ma no! Esagerano!» disse Anne.

«Lei ha un bambino piccolo, vero?» le chiese Morgane. «L'ho vista l'altro giorno in negozio, che guardava le tutine!»

Rose si sentì le lacrime agli occhi, ma non poteva

crollare alla prima domanda, sembravano tutti così simpatici... Non voleva che la prendessero per una depressa all'ultimo stadio, già al primo incontro.

Per fortuna intervenne Edgar: «Scherzi, Rose ha già un figlio di diciott'anni! Non lo si direbbe mai!»

«Oh, non dimostra per niente la sua età», commentò Anne.

Rose arrossì. Si sentiva le guance bollenti. «Lei mi lusinga!»

Edgar, servendo i caffè agli amici, fornì delle risposte alle domande di Rose. «Sa, loro conoscono bene Colette! L'hanno frequentata molto, all'epoca in cui usciva ancora.»

«Che peccato, mi era così simpatica!» disse Laurent masticando un enorme boccone di torta alle fragole. «Passava in negozio tutte le settimane a comprare un mazzo di garofani. Una volta ho provato a regalargliene uno, ma lei non ha voluto! Ricordo che mi ha detto: 'Insomma, giovanotto, lei sa bene che porta sfortuna regalare dei garofani!' Era buffa, quella signora minuscola!»

«Non lo sapevo!» disse Morgane. «Li regalo spesso a mia suocera... Forse il mio è una sorta di lapsus: mi esaspera con i suoi commenti fuori luogo. 'Sarebbe ora di pensare a un bambino', 'L'orologio biologico ticchetta'... Come se l'attesa non fosse già abbastanza difficile!»

Anne cercò di consolarla in tono allegro: «Me lo sento, la prossima fecondazione in vitro andrà in porto!»

Tutti incrociarono le dita, toccarono il legno o le gambe in ferro del tavolo per scongiurare la sfortuna. E Rose si commosse nel vedere quelle persone semplici condividere spontaneamente i loro problemi più intimi.

Provò anche una grande simpatia per quello scricciolo di donna, Morgane: la sua voce roca la faceva sembrare forte ma, una volta sopraffatta dall'emozione, appariva molto fragile.

Morgane proseguì: «Colette era anche una delle mie migliori clienti, ha comprato un mucchio di vestiti per bambini. All'inizio pensavo che fosse nonna e che comprasse dei regali per i nipotini, ma poi ho capito che li donava alle associazioni, mi ha detto che quella fuori di testa di Véronique non voleva figli. La cosa la intristiva, credo. La vita è davvero assurda, lei sarebbe stata una nonna fantastica».

Isabelle spiegò: «Abbiamo i nostri clienti fissi, è vero, e poi è strano non vederli più dall'oggi al domani. Una volta era Colette che faceva la spesa, che comprava il pane e i pasticcini. Adesso, nella maggior parte dei casi, vedo solo le dipendenti della figlia. Le poche che resistono, certo... Non lo dico per scoraggiarla, Rose, ma scappano quasi tutte. Perché è insopportabile, quella Véronique».

Rose era esterrefatta nel sentire tutti quei dettagli su Colette e sulla sua «vita precedente», per cui disse: «Scusate, ma è come se parlaste di qualcuno che è morto... Sembra una specie di necrologio. Colette però è ancora viva!»

Edgar annuì. E Laurent, imbarazzato, rispose: «Devo confessare che all'inizio l'ho pensato, non vedendola più».

«Anch'io!» concordò Isabelle.

«Ha ancora il tavolo rustico che le ho venduto qualche anno fa?» chiese Anne. «Veniva spesso a curiosare nel mio negozio, le piaceva scovare vecchi oggetti, diceva che avevano un'anima, non come quelli in casa della figlia.»

Rose capì come mai si fosse tanto affezionata a Colette. Era una donna sensibile, un po' come lei. In fondo, si assomigliavano.

Si fermò un attimo, li guardò a uno a uno e prese una decisione importante.

24

La mosca al naso

COLETTE era sprofondata nella poltrona di cuoio a leggere il giornale che le aveva portato Rose quel mattino, quando qualcuno suonò alla porta. Strano: Rose aveva le chiavi. Decise di far finta di nulla e tornò a concentrarsi sull'articolo, ma il campanello continuò a suonare.

Brontolando, la minuscola signora trotterellò fino alla porta. Dallo spioncino vide la sagoma di più persone. Indietreggiò di un passo, decisa a non aprire a quei piazzisti, e ancora meno ai testimoni di Geova: non era dell'umore adatto per affrontare un dibattito mistico. La porta si aprì all'improvviso.

«Sorpresa!» gridò Rose, emozionata per quel colpo di scena. «Si ricorda di loro, Colette? Anne, Morgane, Laurent e Isabelle… A voi Colette non la presento, visto che la conoscete meglio di me!»

Colette si sistemò gli occhiali sul naso e squadrò gli intrusi che occupavano il suo ingresso. Non erano proprio degli sconosciuti, ma non riusciva a inquadrarli. E soprattutto si chiedeva che cosa ci facessero lì in piedi, impalati.

«Ah, sì, credo… Le vostre facce mi sono familiari… Ah, sì, certo! Entrate!»

Colette si sforzò di mostrarsi entusiasta, ma era una pessima attrice.

Rose rivolse un sorriso nervoso agli ospiti ed esclamò: «A tavola! Ho preso una *choucroute* alsaziana. Poi possiamo assaggiare il dolce che ha preparato Colette stamattina. Di certo non immaginava che ce lo saremmo divisi in tanti, eh? Non sto nella pelle! Contenta, Colette, le fa piacere?»

Intorno al tavolo rustico, le sei sedie, per una volta, erano tutte occupate. In piedi accanto al forno, l'anziana signora sorvegliava il flan alle prugne che lievitava pian piano. In cucina regnava un silenzio imbarazzato. Rose cominciava a nutrire dei dubbi sulla sua idea che però, appena l'aveva sfiorata, le era sembrata geniale.

Morgane, Anne, Isabelle, Laurent: tutti loro avevano conosciuto Colette all'epoca in cui ancora usciva. E tutti la trovavano simpatica. Eppure, ora che erano insieme a quella vecchia conoscenza a raccontare gli ultimi pettegolezzi del quartiere, la magia non funzionava.

In ricordo di un tempo poi non così lontano, e per far piacere all'anziana signora, Isabelle aveva portato dei pasticcini e Laurent un mazzo di garofani, ma la conversazione si era arenata. Colette, che alla fine si era seduta e aveva servito a ognuno una fetta di dolce, ascoltava distratta, finendo le parole crociate, poi d'un tratto si assentò per quasi mezz'ora. I negozianti, che avevano sfruttato la pausa pranzo per farle visita, dovettero andarsene prima che tornasse. Uscirono con la pancia piena (soprattutto Laurent, che aveva preso due porzioni di flan), ma con l'umore sotto i tacchi.

Quando Colette tornò in cucina, con i capelli bagnati dopo l'ennesima doccia, Rose non riuscì a trattenersi dall'alzare la voce: «Lei esagera, Colette. Sono riuscita a far venire qui delle persone che conosce e lei le ha ignorate alla grande. Le ha piantate in asso per farsi la doccia! Non è questo il modo, scusi se glielo dico».

Colette, stupefatta, all'inizio non capì nemmeno il rimprovero di Rose. Stava per uscire dalla stanza per evitare quella ridicola discussione, quando cambiò idea ed esclamò: «Ma lei ha chiesto il mio parere?»

Rose restò interdetta. Si dondolava sulla sedia, per nascondere il suo disappunto.

In che senso, il suo parere? Su che cosa?

«Lei crede di sapere che cosa è giusto per gli altri. Lei è fatta così, vero?»

«Ma insomma, Colette, pensavo che le avrebbe fatto piacere, sono persone che le vogliono bene!»

«Già, ma forse non avevo voglia di essere presa alla sprovvista! Lei non ha la minima idea di quello che provo! Come si è permessa di fare una cosa simile?»

Rose non si diede per vinta: «Ma che scusa è? Per quanto tempo ancora vuole evitare di vivere, Colette? Lascerò questo lavoro, se non posso aiutarla. Mi sento inutile come una matita bianca!»

«Sa una cosa? La smetta! La smetta di occuparsi di me o di cercare di salvarmi. Io non le ho chiesto un bel niente. Mi piacerebbe tornare quella di prima, certo, riprendere un'esistenza normale, ritrovare gli amici, vedere il colore del cielo, respirare l'aria pura degli alberi, il profumo dei fiori al parco. Ma non posso. E, nel caso non se ne fosse accorta, la sua vita è ben più fallimentare della mia. Guardi come la prende in giro mia figlia. Lei avrebbe bisogno di qualcuno che le desse una mossa! Peccato che nessuno si interessi a lei quanto basta per farlo.»

Come colpita da un fulmine, Rose restò a bocca aperta.

25
All'attacco

COLETTE sapeva di esserci andata giù pesante e tentò di aggiustare le cose. Per ironia della sorte, ormai toccava a lei fare la crocerossina.

«Se lo desidera, gliela do io una bella mossa», buttò là. «A quarant'anni lei ha ancora un sacco di tempo per correggere il tiro: la sua vita non è completamente rovinata.»

«Trentasei e mezzo, grazie! Se sta cercando di tirarmi su il morale, sappia che non ci sta riuscendo.»

«Innanzitutto, ha bisogno di amici. La smetta di perdersi in chiacchiere con gli altri e cominci a creare dei veri legami con le persone. Con Laurent e tutta la banda. Lo faccia per se stessa, non per me. Quando sua sorella, tra qualche mese, lascerà Parigi, sarà felice di avere gente simpatica con cui scambiare due parole.»

A Rose sembrò di sentire suo padre, che le aveva dato spesso quel saggio consiglio. Ebbe l'impressione che Colette fosse in grado di leggerle nell'animo bene quanto lui.

«Sa, faccio fatica a confidarmi con gli altri, non a caso la mia migliore amica è mia sorella.»

«Risolveremo tutti i suoi problemi, uno alla volta. E

se iniziassimo dalla cucina? Non so come ci si tenga un uomo, ma per attirarlo bisogna fare colpo su di lui, e ho qualche dubbio che i suoi surgelati siano all'altezza. Quindi lei mi farà il piacere, dopo il caffè del mattino, di andare a comprare gli ingredienti che le indicherò: le insegnerò una ricetta al giorno. Da un malinteso può nascere qualcosa che un giorno le sarà utile.»

«Be', i miei pranzetti surgelati sono buonissimi, non c'è nessuna differenza», rispose Rose, seccata, «però va bene, perché no? Ci terremo occupate!»

«Un'ultima cosa, Rose. Per favore: si faccia valere!»

«Ma io mi faccio valere!»

«Lo racconti a qualcun altro... Inizi con il cane. Non ha niente da perdere: lei ha un unico desiderio, lo vedo, ovvero che Pépette la lasci in pace...»

26

Arrendersi all'evidenza

DOPO aver cercato per più di venti minuti il dannato guinzaglio di Pépette, Rose era pronta per la sua missione lampo intorno all'isolato. Nell'ascensore la bestiola continuava a lanciarle strane occhiate interrogative, come se anche lei stesse scoprendo che esisteva un mondo fuori dalla porta.

Innanzitutto i giardinetti, per una rapida passeggiata e svuotare la vescica. Trascinando il carrellino della spesa che Colette le aveva caldamente suggerito di prendere, perché «le patate pesano un quintale», Rose non procedeva molto alla svelta. Pépette, naturalmente, aveva deciso di non collaborare per niente e rifiutava di muovere un passo. Rose era tentata di tirarsela dietro, non aveva intenzione di cedere al ricatto di quel peso piuma. Se non fosse riuscita a imporsi con quel cane minuscolo, non avrebbe avuto alcuna possibilità di farlo in altre occasioni.

A quanto pareva il bel volpino di Pomerania non era abituato a muoversi da solo. A Rose venne in mente la borsa Louis Vuitton abbandonata all'ingresso, che probabilmente serviva a trasportare la bestiola ovunque andasse Véronique. Ma quel mostriciattolo avrebbe seguito le regole di Rose. E il suo ritmo.

Non avevano ancora finito il giro del parco ed era già passata un'ora. Sfinita, Rose guardò l'animale spiaggiato, che accettava riluttante di essere strattonato come una palla al piede fino a casa, e le venne un'idea. Tirò fuori dalla tasca uno snack per cani che aveva comprato quella mattina, ricordandosi di una pubblicità che vantava denti più sani per botoli meno scontrosi (o qualcosa del genere) e lo porse a Brontolo.

Di colpo la bestiola si drizzò sulle zampe e corse ad acchiappare l'osso, che Rose le infilò tra i denti minuscoli, approfittandone per rimettersi in cammino. Dietro di lei la cagnetta zampettava, impegnata a masticare. Ma, pur essendo a metà della passeggiata, ancora niente pipì.

Quando entrò nei vari negozi, Rose scoprì stupefatta che la carne trita non nasceva imballata nella plastica. Aveva avuto una vita, in precedenza! Una vita che terminò brutalmente sotto i suoi occhi, quando un bel pezzo di carne rossa attraversò il tritacarne in pochi secondi.

La prossima volta, si disse Rose, farò assistere alla scena il Moscerino, così la smette di fare il difficile, con il suo chiletto e mezzo di peso e le sue incontestabili doti da attore.

In effetti, sulla strada del ritorno, una volta terminato lo snack, all'improvviso Pépette cominciò a zoppicare. Appena Rose si girava per spronarla a fare i suoi bisogni prima di rientrare a casa, passava da un trotterello rapido a un passo strascicato. Cercava in tutti i modi di intenerirla, pensando che avesse altri bocconcini in tasca, ma lei non era Véronique e non si sarebbe lasciata corrompere da una palla di pelo manipolatrice.

Ovviamente, il bisogno di fare pipì si manifestò proprio davanti al loro stabile e la cagnetta si liberò a lungo sotto lo sguardo indignato della portinaia, che Rose si affrettò a salutare, fingendosi di fretta. Tanta urgenza di rivedere Colette per preparare una purea di patate e un pasticcio di carne? Poco credibile, specie nel caldo soffocante di giugno. Colette avrebbe potuto insegnarle la ricetta della paella o del gazpacho, Rose avrebbe preferito.

Una volta a casa, trovò Colette seduta con aria preoccupata sul divano di Véronique. Rose la anticipò facendole le sue scuse: il periplo canino aveva richiesto il doppio del tempo previsto.

Colette non sembrava ascoltarla e fissava una bottiglia di aceto bianco. Rose la chiamò più volte, ma l'effetto era: «L'utente è momentaneamente occupato, risponderà appena possibile».

Tra qualche millennio, a giudicare dall'aria imperturbabile di Colette. Sembra sotto ipnosi. O forse è sonnambula ed è in trance…

«Allora, prepariamo il pasticcio di carne?» chiese all'improvviso la signora Lupin senior.

Rose trasalì. Le tornarono in mente le parole di sua sorella Lili: «Pensavi davvero che una dama di compagnia si assumesse per i casi semplici?» Sì, non c'erano dubbi, non sarebbe stata una passeggiata. Colette era matta.

27

Sempre la stessa solfa!

COLETTE, quarantacinque chili vestita, una volta davanti ai fornelli emanava un'energia impressionante. Anche se la ricetta era semplice, l'organizzazione restava complessa. La cuoca vigilava e Rose impersonava il ruolo del docile subalterno. Ma, a essere onesti, era proprio negata, assolutamente incapace, un vero peso morto. Aveva appena pelato un quarto di patata, giusto il tempo di capire come funzionava quello strano aggeggio, che Colette ne aveva già pelate, tagliate e sbollentate quattro.

Teneva d'occhio Rose, chiedendosi sinceramente perché trovasse quel compito tanto difficile... Rose, invece, aveva già capito che non avrebbe mai più cucinato con lei, né ritentato di cucinare un pasticcio di carne.

Troppa fatica, troppo tempo sprecato, quando ne esistevano di ottimi già pronti, non poteva fare a meno di pensare. Si prestava al gioco per compiacere l'anziana signora, ma anche lei doveva decidersi a vivere nel presente e capire che le donne attive avevano ben altro da fare che mettersi a preparare un piatto elaborato dopo una giornata di lavoro!

Rose ce l'aveva messa tutta per cambiare discorso. Non che la vita di uno schiacciapatate non le interessasse, ma le sarebbe piaciuto scoprire qualcosa di più su quella strana donna, su quello che faceva prima, sui suoi rapporti con gli altri, nello specifico con sua figlia...

Ogni suo tentativo, però, si era concluso con un richiamo severo al successivo passo culinario. Forse Colette considerava la gastronomia troppo seria e importante per concedersi quattro chiacchiere nel mentre.

Rose aveva persino provato a parlare della sua vita privata, per rompere il ghiaccio, ma subito il grande chef, affatto intenerito dai suoi occhi pieni di lacrime, l'aveva richiamata al dovere: «Le cipolle devono essere più fini!»

Quando il pasticcio di carne fu a gratinare nel forno, Colette propose di cimentarsi con il dessert, una crème brûlée.

Mi sa che è il suo cervello che è brûlé!

«Non preferisce invece che le prepari la mia specialità? Ne ho proprio bisogno. Uno spritz! Un aiutino non può che farci bene: che ne pensa, Colette?»

«Se l'idea di bere mentre si lavora non le dà fastidio, perché no? Detesto bere da sola, al contrario di mia figlia.»

«Ha ragione, Colette. Allora facciamo un Virgin Mojito: è come un Mojito, ma senza alcol. Ci farà bene, si soffoca! Anzi, scendiamo due minuti da Véronique, se non le spiace: l'aria condizionata ci rinfrescherà un po'. Ho delle specie di caldane. Se non avessi trentasei anni, mi preoccuperei.»

«Mai sentito parlare di menopausa precoce?» chiese Colette mentre Rose, tenendola sottobraccio, la aiutava a scendere gli ultimi gradini.

28

Salute!

Rose non si era mai sentita così su di giri dopo un cocktail analcolico e per un attimo si chiese se non si fosse sbagliata a prepararlo. Persino Colette, finalmente, era diventata un po' più loquace. Accanto a loro, Pépette non si perdeva una virgola della conversazione, né una briciola dei grissini che Rose aveva cucinato sotto lo sguardo vigile della sua insegnante.

Colette faceva un sacco di domande e svelava il meno possibile di sé. «Non capisco una cosa, Rose. Lei ha studiato, ha dato la maturità, poi da un giorno all'altro ha mollato tutto per fare la baby-sitter?»

«La madre a tempo pieno, per la precisione. Baptiste è arrivato, ma non era previsto. Alcuni lo chiamerebbero 'errore di gioventù', io la 'più bella sorpresa' della mia vita. Anche se suo padre non era al mio fianco, era chiaro che quel bambino era la cosa più magnifica che potesse succedermi. Ho fatto la baby-sitter finché non ha compiuto tre anni per poter restare con lui, pur occupandomi di altri bambini. Ho continuato per comodità. Ed eccomi qui: sono passati già diciott'anni e io sono sempre una baby-sitter. Quando sono rimasta incinta mi stavo preparando per il concorso da infermiera. Ero portata, ma purtroppo non ho mai potuto sostenere l'esame.»

«E non ci ha mai riprovato?»

«No, ho rinunciato. Ormai è troppo tardi.»

«'Troppo tardi': non sa dire altro! Quanto è deprimente… Mi creda, a furia di occuparsi degli altri ci si dimentica di se stessi… Suo figlio non capirà mai la portata dei sacrifici che ha fatto per lui.»

«Non sono stati dei sacrifici, ho fatto solo il mio dovere. E poi per me è un'abitudine, ho sempre anteposto i bisogni degli altri ai miei… Sì, sono diventata mamma molto giovane. Ho saputo cavarmela, perché me l'ero già cavata con mia sorella maggiore e con mio padre, quando mia madre ci ha lasciato. Avevo dieci anni e, come potrà immaginare, i piatti che preparavo non erano di alta cucina, ma ci mettevo tutto il cuore e loro si sono sempre accontentati. Quest'anno se n'è andato anche mio padre. E ancora non le ho detto la novità più importante… Però ho bisogno di un aiutino, lei faccia come crede, Colette.» Rose si alzò e andò a prendere la bottiglia di rum. Ne versò un po' nel suo cocktail, che ormai era tutt'altro che «vergine».

«Quale sarebbe questa notizia?» riprese Colette.

«Be', insomma… Tra qualche mese sarò nonna. Proprio così! Dunque mi manca solo la menopausa precoce, come ha detto lei, e sono a posto!» Rendendosi conto di essere brilla, Rose posò il bicchiere e si scusò con Colette «Mi dispiace. Non volevo annoiarla con i miei problemi personali. Ho passato il limite. Non è molto professionale. Questa faccenda mi pesa terribilmente e, a parte mia sorella, non ho più nessuno con cui parlarne… Se ci fosse ancora, magari mia madre avrebbe potuto aiutarmi…»

«Sa, il fatto che dei parenti prossimi siano ancora in vita non li rende per forza perfetti o capaci di dare consigli. Sua madre, in una situazione analoga, non avrebbe saputo fare di meglio.»

Le due donne si guardarono in silenzio, perse nei loro pensieri.

Rose vuotò d'un fiato il suo bicchiere, poi buttò lì: «E noi due che facciamo? Questa settimana, intendo. Magari ci sono delle cose che le farebbero piacere. Le giuro che non la forzerò».

Colette non rispose, intuendo la trappola. Nessuno sembrava mai volerle imporre niente, ma lei si sentiva giudicata. Le davano della scansafatiche o della pigrona, o le facevano la predica: «Ogni tanto un piccolo sforzo non è poi la fine del mondo!» Ma lei non doveva dimostrare niente a nessuno. Lei, e solo lei, sapeva che non era stato sempre così.

Ricordava ancora quella stradina di campagna. Il giorno in cui tutto era cambiato. Stava andando alla sede dell'associazione che aiutava le ragazze madri dove faceva volontariato. Erano rare le pensionate attive come lei, le dicevano. E poi il panico l'aveva sopraffatta, gli spasmi si erano impossessati del suo corpo e lei non era stata più in grado di controllarsi, di dominarsi. Travolta da una sensazione di soffocamento. Di morte. E l'auto che avanzava da sola, metro dopo metro degli otto chilometri da percorrere, luci di emergenza accese, prima di fermarsi in un piccolo terrapieno. Aveva pianto senza sosta per più di un'ora, per la paura. Il corpo in preda a convulsioni indomabili. Gli occhi accecati dai tanti anni di lacrime trattenute. La sensazione di aver raggiunto un punto di non ritorno. Di essere arrivata al *day after*. La causa non era stata un avvenimento preciso, era stato l'accumularsi di varie cose a ridurla così. L'impressione di fallimento che tentava di attutire con una vita sociale molto attiva, che però non le bastava più.

Alle sue spalle, nello specchietto retrovisore, un passaggio pedonale e un cartello che segnalava una scuola nelle vicinanze. Avrebbe potuto investire un bambino. In quell'istante capì che le frustrazioni accumulate l'avevano trasformata in un pericolo ambulante per gli altri. Era quella l'idea che non le dava pace e l'aveva convinta che il mondo esterno non riservasse nulla di buono per lei. Così aveva deciso di non guidare più, di non tornare mai più a lavorare. In breve, di non uscire di casa. Per non essere un pericolo.

Colette si era resa conto che, credendo di fare del bene, provocava catastrofi ormai da anni. La peggiore delle quali era sua figlia Véronique che, al riparo di una spessa patina di superficialità, era diventata, sotto i suoi occhi, un mostro di egoismo. Lei non aveva notato niente. Dedicandosi anima e corpo al volontariato, non si era resa conto di aver abbandonato sua figlia: l'ultimo dei cani randagi veniva prima di lei! Ormai il senso di colpa la devastava. Véronique era in analisi, e questo aveva risvegliato i fantasmi di Colette, che doveva ammettere di aver adottato un meccanismo di negazione: non aveva visto le sofferenze di sua figlia, non aveva visto la sua bulimia, la sua fragilità. E ora veniva punita per quella cecità.

Véronique si vendicava ignorandola, dato che si era sentita ignorata per anni. L'amore che riversava sul suo cane era una sorta di provocazione. Colette si era rassegnata: come poteva godersi qualcosa, quando, chiaramente, meritava meno considerazione di un animale?

Quando Rose le propose di nuovo di fare una passeggiata, di andare al parco ad ascoltare il canto degli uccellini o a bere un cappuccino al caffè sotto casa, avrebbe voluto risponderle così. Non per giustificarsi o riabilitarsi, né per essere lasciata in pace. Ma affinché Rose capisse chi era stata *prima.* Eppure tacque e a quell'ennesima proposta si limitò a rispondere con un secco «no».

29

Basta bugie!

SEDUTA di fronte al cappuccino con tanto di cuore sulla schiuma, Rose raccontava a Edgar i suoi insuccessi con Colette dopo la visita che aveva organizzato con i giovani negozianti di Batignolles. Ammetteva di aver affrettato i tempi e si rimproverava: aveva mancato di tatto. Edgar si sarebbe unito volentieri alla festicciola a casa dell'anziana signora, ma era impegnato al bar.

Laurent, avvicinandosi al bancone e vedendo l'espressione mogia di Rose, andò a sedersi di fronte a lei. Rose gli raccontò la conversazione animata che aveva avuto con Colette, e lui sprofondò immediatamente in una riflessione silenziosa. Lunga. Molto lunga, durante la quale non toccò nemmeno la sua ciambella con la panna. Rose lanciava occhiate interrogative a Edgar per capire se il mutismo del giardiniere fosse normale, quando quest'ultimo affermò: «Ci sono, Rose, ho trovato: so io quel che possiamo fare per Colette». Ciò detto, ingollò un boccone di dolce.

Il giorno seguente si misero entrambi all'opera. Pépette non capiva un granché di tutta quella confusione. Il suo pelo bianco stava diventando vagamente beige, ma la cosa non pareva dare fastidio a nessuno.

Laurent non si risparmiava, era sudato fradicio. Rose lo aiutava, sollevava grossi vasi, potava, scavava. Pépette avrebbe scavato volentieri a sua volta, ma non aveva mai toccato quella sostanza scura e fragrante.

I lavori durarono due interi pomeriggi. Rose faceva delle capatine da Colette perché non si insospettisse. Si era anche presa delle libertà rispetto alle toelettature coatte e allo psicologo per cani, ma sentiva che, quella volta, ne valeva veramente la pena. La sorpresa sarebbe stata grandiosa.

Quando tutto fu pronto, Rose si addormentò, al settimo cielo per l'imminente gioia di Colette.

30

Rappezzare alla meno peggio

L'ANZIANA signora dormiva ancora. Rose, china su di lei, la osservava: immersa nel sonno, era tranquilla. Niente tradiva il tormento che non le aveva fatto chiudere occhio per buona parte della notte.

Rose era emozionata e impaziente. Aveva un unico desiderio: svegliarla e dirle che aveva una sorpresa eccezionale per lei, ma Colette dormiva.

D'altronde, la mattina di Natale, era sempre lei, la giovane mamma, ad alzarsi prima di Baptiste, finendo immancabilmente per ritrovarsi a girare in tondo nella stanza del figlio, finché non lo svegliava, per scorgere finalmente un grande sorriso illuminargli la faccia alla vista dei regali lasciati da Babbo Natale sotto l'albero.

Quando la pendola suonò nove colpi, Rose spinse all'indietro la pesante sedia su cui si trovava, facendola raschiare sul pavimento.

Colette aprì un occhio, poi si girò e riattaccò a ronfare, ignorandola alla grande.

Indispettita, Rose andò in cucina e cominciò a trafficare. Sbatté le ante come in un audace concerto di musica contemporanea, quando finalmente Colette apparve sulla porta.

«Odio essere guardata mentre dormo. E odio ancora di più che i miei mobili vengano coperti di ditate luride. Dovrò lavare tutto di nuovo, lo sa benissimo. Dunque, a che cosa devo l'onore della sua presenza in camera mia da più di un'ora?»

«Sapeva che ero lì? E faceva finta di dormire? Ma che tortura... per me *e* per lei!»

«Almeno avrebbe potuto prepararmi un tè! Il profumo mi avrebbe attirata fuori dal letto. Allora, che succede? Ha fatto pace con suo figlio?»

«No, niente di così strepitoso. Però ho una sorpresa per lei!»

«Si dia una calmata! A me le sorprese non piacciono, tantomeno le sue», rispose Colette versandosi una tazza di tè bollente. «Credevo di averglielo già fatto capire. E se accettassimo che la cosa non mi aggrada e passassimo direttamente al nostro corso di cucina? Oggi vorrei insegnarle a preparare la *choucroute*.»

«Non è proprio un piatto di stagione, ma va bene. Prima, però, dovrà apprezzare la mia sorpresa.»

«È molto insistente, e la avviso che sto moderando le parole.»

«Non è lei che mi ha consigliato di farmi valere di più?»

«Sì, ma non con me!»

«Be', venga, e poi mi dirà se ho sbagliato.»

L'anziana signora si alzò e si chiuse in bagno. Fece la doccia per più di venti minuti e per Rose fu un'altra tortura, visto che desiderava solo andare al piano di sopra...

Quando finalmente Colette fu pronta, vestita tutta di bianco, Rose la prese per un braccio e la condusse al sesto e ultimo piano dell'edificio.

Passarono accanto all'appartamentino di Rose, salirono le scale, superarono le vecchie toilette e camere della servitù e si diressero verso la finestra a ghigliottina in fondo al corridoio.

«Adesso dovrà ricorrere a tutta la sua agilità di ragazza, Colette. La aiuterò io. Abbassi la testa e scavalchi, una gamba dopo l'altra.»

Colette stava per obbedire, quando si bloccò di colpo. «Rose, lei ricorda, vero, che non ho nessuna voglia di passeggiare in strada? Tantomeno passando dalle scale di sicurezza...»

Rose sorrise, la prese per mano e affermò: «Sì, mi ricordo di tutto quello che mi ha detto. Che le sembrerebbe un sogno rivedere il colore del cielo, respirare l'aria pura degli alberi... Chiuda gli occhi e si fidi di me, Colette, la guiderò io».

La vecchia signora sospirò, alzò gli occhi al cielo, esasperata, e abbassò le palpebre. Rose la tenne vicina a sé e insieme scavalcarono l'ampia finestra. Mossero qualche passo, poi Rose disse a Colette di aprire gli occhi. Cosa che fece.

Davanti a lei, un piccolo paradiso.

Alberi, fiori, una panca di legno, una fontanella, alcune statue, tralicci ricoperti di piante rampicanti per nascondere il cemento dei muri. Insomma, Laurent, il floro-paesaggista, aveva ricreato sullo spoglio tetto dell'immobile un nido verde di cinquanta metri quadrati, tutto per Colette.

E Colette non poté fare a meno di sorridere. Fece qualche passo per accarezzare le foglie degli alberi e chinarsi sulle rose profumate.

«In effetti, come sorpresa, non è niente male!»

riuscì a mormorare. «Mi aspettavo di tutto da lei, ma non questo.»

«Volevo farmi perdonare. Ho esagerato, invitando in casa sua lontane conoscenze, soprattutto senza avvertirla.»

Colette le sorrise e proseguì nella sua esplorazione botanica. «E c'è persino un angolo con l'orto! Potrò avere a disposizione la mia verdura senza dover uscire!» disse beffarda, sorridendo ancora.

«Non è proprio questo il mio scopo, Colette, anzi, è il contrario! Ma le piace?» chiese Rose, abbastanza sicura della risposta.

«Sì, certo. Ma... ha avuto l'autorizzazione di mia figlia per realizzare questa piccola meraviglia?»

Rose le rispose con un sorrisetto nervoso. Non aveva pensato a quel dettaglio, che sicuramente avrebbe minato il suo futuro accanto a Colette.

L'anziana donna la prese per mano e la fece sedere al suo fianco sulla panca. «Non siamo obbligate a dirglielo. Sarà il nostro segreto. Se lo scoprirà, anzi, *quando* lo scoprirà, perché lei sa sempre tutto, le dirò che è stata una mia idea. Non potrà farci niente. Sono a casa mia, dopotutto!»

«Grazie», si limitò a dire Rose, consapevole del fatto che Colette le avrebbe salvato la faccia. «Come vede, seguo i suoi consigli e imparo a uscire dai percorsi che mi vengono imposti.»

«Ma, a proposito, come ha fatto a pagare tutto? So che mia figlia è di manica larga con il suo cane, ma dubito che le abbia lasciato un anticipo.»

«Io non c'entro niente, a dire il vero. È Laurent, sa, quel giardiniere venuto l'altro giorno, che ha voluto donarle tutto per farle piacere: non so che cos'abbia fatto per lui, ma a quanto pare l'ha colpito! Ha persino piantato dei garofani, i suoi fiori preferiti...» sottolineò Rose, strizzandole l'occhio. «Sfrutterà questa sua creazione *rooftop*, come la chiama lui, per arricchire il suo book e farsi un nome in giro per Parigi.»

Colette non spiccicò parola. Non riusciva a capire come qualcuno che conosceva a malapena potesse farle un simile regalo. «Ma che cosa intende con il suo 'book'? C'entra con 'Fassebook'?»

«No, non c'entra. Ma se ne ha voglia le farò vedere il suo sito, con tutte le sue creazioni. Vedrà che belle cose fa.»

«Lo vedo già! Ma come posso sdebitarmi con lui? E con lei, Rose?»

«Per quel che mi riguarda, ho un'idea. Per Laurent, glielo chiederò, ma ho l'impressione che non si aspetti davvero niente. Credo che una fetta della sua torta di fragole lo renderebbe felice. Nel caso non se ne fosse accorta, Laurent è un gran goloso! Non è stata Pépette a leccare il piatto del flan alle prugne, l'altro giorno!»

Colette sorrise e disse: «Adesso dobbiamo metterci d'impegno per tenere nascosto il nostro giardino segreto. Con Pépette e Véronique non sarà uno scherzo...»

31

Tante grazie!

DA qualche giorno Pépette era grigia. La polvere e la terra del giardino in costruzione avevano finito per rendere il pelo del volpino di Pomerania nettamente meno lucido, ed era dunque assolutamente necessario andare dalla toelettatrice di lusso, che lavorava all'altro capo della città. Perché fare le cose semplici, quando si poteva complicarle? Soprattutto quando, come si era resa conto Rose salendo in auto, a due passi dal loro immobile c'era un salone per cani.

La «tata dei cuccioletti», come amava chiamarsi la toelettatrice, chiese a Rose di aspettare in sala d'attesa mentre «operava». Rose ci tenne a verificare con Karine – quello il vero nome della ragazza dai capelli a ciocche verdi – se «operare» non significasse che la cagnetta avrebbe subìto un'operazione chirurgica. Gettando un'occhiata alla stanza accanto, aveva intravisto delle catene che pendevano dal soffitto e un tavolo d'acciaio. La sciampista canina le rise in faccia e le rispose, nel tono che si usa con i bambini di quattro anni: «No, qui a operare è la magia! Resti in sala d'aspetto, per favore, e mi lasci sola con Pépette».

Lì Rose sviluppò un'allergia di prim'ordine. Fino a

quel momento, era sopravvissuta a Pépette tenendola a distanza ma, nel luogo in cui gli animali a pelo lungo la facevano da padroni, Rose starnutiva in continuazione. Sapeva che non avrebbe dovuto toccare le riviste specializzate, vecchie di anni, ma la follia dei concorsi canini l'aveva incuriosita.

Decise di uscire in strada per prendere una boccata d'aria fresca. In quel quartiere popolare e multietnico incrociò numerosi turisti asiatici, che le fecero semplici domande in inglese a cui non fu in grado di rispondere. Persino Colette era più ferrata di lei nelle lingue. Rose sapeva che il suo era un livello infimo. Baptiste l'aveva presa in giro spesso, in particolar modo per l'abitudine di inventarsi le parole delle canzoni straniere quando le canticchiava, e Rose doveva ammettere che i weekend a Londra che gli aveva finanziato avevano permesso al suo amato ragazzo di prendere le distanze da quel pesante handicap famigliare.

Rose se ne vergognava a tal punto che per molto tempo aveva fatto un sogno ricorrente. Anzi, un incubo. I Servizi sociali piombavano all'improvviso a casa sua e le portavano via il figlio, poi la conducevano in una grande aula silenziosa, dove si ritrovava da sola in mezzo a mille banchi: lì le assicuravano che avrebbe riavuto Baptiste, a condizione di superare l'esame d'inglese. Ogni volta si svegliava tutta sudata, cercando disperatamente di ricordarsi la coniugazione dei verbi irregolari.

Avrebbe tanto voluto migliorare, ovvero chiedere aiuto a Colette, ma non si poteva certo dire che tra le quattro mura della casa in cui abitavano ci fosse bisogno della lingua di Shakespeare. Rose non aveva un granché da insegnare a Colette, in compenso le piaceva imparare dall'anziana signora. Colette si sentiva utile e

Rose aveva l'impressione di sviluppare una relazione affine a quella che avrebbe voluto avere con la madre, se solo l'avesse conosciuta.

Immersa nei suoi pensieri, alla fine tornò indietro, dirigendosi verso il salone di toelettatura. Al suo arrivo fu accolta da un'occhiataccia di Karine.

«Ma cos'ha fatto a Pépette? Non l'ho mai vista in questo stato! Nodi ovunque, un pelo spento che non respira da giorni. L'ho tenuta a bagno per più di mezz'ora, aspettando che l'acqua tornasse limpida. In un caso del genere si può parlare di negligenza. La signora Lupin non c'è, vero?»

A Rose quell'osservazione fece l'effetto di uno schiaffo.

Che cosa sta insinuando questa piccola sfacciata con le ciocche verdi? Che ho trascurato Pépette?

Era in simili momenti che Rose si chiedeva perché avesse accettato quel lavoro. Trovò quella ragazza antipatica dal primo istante. Benché le toccasse frequentarla tutte le settimane, era sicura che non sarebbero diventate amiche.

«Dog-sitter» contro «tata dei cuccioletti»... a Pépette la scelta!

32

Un piede nella fossa

SEDUTA sui gradini della grande scala del palazzo, Rose aspettava che il figlio rispondesse al telefono. Si faceva desiderare, e parecchio, ma lei non si dava per vinta. Stava quasi per mettere giù, mentre faceva avanti e indietro tra la porta socchiusa di Colette e il pianerottolo, quando finalmente rispose. Forse suo figlio non era più arrabbiato con lei. Rose sorrise, fece un cenno di assenso a Colette che la osservava, poi all'improvviso il suo viso si incupì. Colette uscì sul pianerottolo, appiccicò l'orecchio al telefono e sentì: «*Hellooo? Hellooooo?*»

Per Rose era evidente che c'era qualcosa di strano. Non aveva risposto Baptiste, ma una voce femminile dall'accento snob. Ma dove diavolo aveva dimenticato il cellulare, Baptiste?

«Pronto?» rispose timidamente Rose. «Vorrei parlare con Baptiste. Sono sua madre. È lì, per caso?»

«Sì, non metta giù, per favore.»

Come se si rivolgesse a qualcun altro, la sua interlocutrice pronunciò, in un inglese perfetto, una frase che Rose non capì: «*Don't hang up the phone please, we'll take your reservation as soon as possible*».

Rose fu subito assalita da un dubbio e guardò Colette in preda al panico, prima di proseguire goffamente: «Jessica? Parlo con Jessica?»

Dopo un attimo di esitazione, una titubanza che sembrò durare delle ore, la ragazza disse: «Sì, signora, resti in linea, vado a cercare Baptiste».

Rose pensò che aveva una voce dolce, perfetta per calmare un neonato e cantargli una ninnananna. Pensò anche che probabilmente Baptiste si sentiva sereno con lei, c'era qualcosa di rassicurante nel suo modo di parlare, di staccare le sillabe, qualcosa che trasmetteva subito un senso di fiducia. Si rese conto che non sapeva proprio niente della nuora. Non aveva mai visto Jessica, né scambiato due parole con lei al telefono. L'aveva vista solo in foto, come sfondo sullo schermo del cellulare di Baptiste – una bella rossa con la chioma fiammeggiante –, ma non si era mai immaginata che potesse essere madrelingua inglese.

Si era invece immaginata una ragazza cresciuta in periferia, che aveva fatto la scuola professionale perché poco dotata per lo studio tradizionale e che avrebbe trascinato suo figlio su una brutta strada, anche se lui si sforzava di seguire la sua vocazione di maître d'hotel. Rose era rimasta all'erta, come aveva imparato dai NTM: «*Laisse pas traîner ton fils, si tu ne veux pas qu'il glisse*»[1].

La voce di Baptiste la riportò alla realtà. «Pronto?»

«Dimmi, Baptiste, è con Jessica che ho parlato?»

«Sì, perché?»

«Niente, non me l'ero immaginata così.»

«Così come?»

[1] Versi di un brano del celebre duo di rapper francesi: «Non lasciare che tuo figlio vada a zonzo, se non vuoi che si rovini». (N.d.T.)

«Non ho detto niente di male... Intendo che ha un'aria piuttosto chic, piuttosto bon ton... È inglese? Non ho capito una parola di quello che ha pronunciato prima che ti passasse il telefono!»

«Te lo dicevo io, che ti sbagliavi sul suo conto. Ma tu devi sempre giudicare le persone prima di conoscerle. Per caso volevi scambiare due chiacchiere con lei? Ah no, è vero, tu e l'inglese non andate tanto d'accordo. Che cosa vuoi?»

Colette sgranò gli occhi, sdegnata per il tono che quel mocciosetto di diciott'anni usava con la madre. Rose, che ci aveva fatto il callo, ribatté: «Volevo sapere come stavi».

«Non ho nessuna voglia di parlare della pioggia e del bel tempo, come se niente fosse. Sai quel che voglio. Non ho intenzione di far finta di nulla. E poi sono al lavoro, non ho tempo. La prossima volta chiamami solo se vuoi dirmi chi è mio padre. Altrimenti, è inutile. Ciao.»

Colette rimase scioccata da quella chiusa brutale. Lei si lamentava di sua figlia, ma quel ragazzetto insolente non era secondo a nessuno, nel suo genere. Rose fece una faccia da cane bastonato ed entrò nel piccolo appartamento per preparare la colazione. Colette si riconobbe in lei e per la prima volta sentì una sincera empatia nei suoi confronti.

33

Alzarsi con il piede sbagliato

COLETTE offrì il braccio alla giovane amica ancora scossa. Come poteva suo figlio essere così duro con lei?

«Venga, andiamo in cucina, ci dedicheremo alla nostra orata. Ci farà pensare ad altro.»

Rose aveva ancora un'aria abbattuta. Non sapeva più che fare. Colette le aveva suggerito di non lasciarsi più mettere i piedi in testa, ma suo figlio continuava a parlarle in quel tono inaccettabile, senza che lei riuscisse a rispondergli per le rime.

Colette passò il grembiule a Rose e si sedette. Le diede le istruzioni, una dopo l'altra: «Il forno a duecento gradi. Si accerti che il pesce sia stato eviscerato bene. Il succo di limone va sia all'interno che all'esterno. Non dimentichi di oliare la teglia, altrimenti si attacca. Per ora meno caldo, il forno».

Rose eseguiva, però la sua testa era altrove. E alla fine, benché avesse seguito alla lettera tutti i passaggi della ricetta, una volta a tavola il pesce aveva il sapore del fallimento. Rose aveva sbagliato la cottura. «Andrà meglio la prossima volta», le promise Colette. Ma Rose sapeva che non ci sarebbe stata più nessuna orata al forno. Per chi?

Colette ruppe il ghiaccio. «Mi racconti tutto. Com'è arrivata a questo punto con suo figlio? Perché è così arrabbiato?»

Rose sospirò e si lanciò in spiegazioni che si augurava fossero il più succinte possibile. Colette preparò due tazze di tè con *financiers* all'arancia fatti in casa.

«Certo, Baptiste me lo chiedeva spesso. Io non gli ho mai detto la verità, improvvisavo delle risposte. In fondo speravo che gli sarebbe passata, pensavo che alla fine ci avrebbe rinunciato.»

Colette posò la teiera e chiese, sbalordita: «Ma perché mentirgli? Ha fatto un figlio con un terrorista? Un nazista? Un extraterrestre? Con suo fratello? Me lo dica, le prometto che non giudicherò».

«Ma no, assolutamente! Che cosa dice, Colette!?»

«Non si sa mai! Oggigiorno se ne sentono di tutti i colori...» Colette si accorse dell'imbarazzo di Rose, che aveva gli occhi pieni di lacrime. L'anziana signora le porse una confezione di fazzoletti e aggiunse, temendo il peggio: «Il padre non è al corrente che lei ha avuto un figlio da lui?»

Per tutta risposta Rose le lanciò un'occhiata colpevole. «No. Non l'ha mai saputo e credo che, dopo aver vissuto tanto tempo così, senza di lui, non abbia senso rigirare il coltello nella piaga e informarlo del fatto che si è perso tutto.»

Colette era pensierosa. Le tazze di tè non fumavano più da un pezzo. Rose le rivolse uno sguardo disperato. Era la prima volta che confidava a qualcuno quella faccenda. Non aveva detto tutto neanche a Lili. Ormai era così confusa che avrebbe seguito i consigli di chiunque. Anche quelli di una matta!

«Rose, non si può fare una frittata senza rompere

le uova. La bella mossa gliela do io, adesso. Faccia un *mea culpa* e dica subito a suo figlio il nome del padre.»

«È impossibile rintracciarlo! È un nome troppo comune, non riesco a trovarlo, sono settimane che provo, ma su Internet non c'è niente. E poi in diciott'anni si sarà rifatto una vita, magari ha avuto altri figli… Non è bello mettere tutti in crisi così…»

«E le pare bello impedire a suo figlio di capire chi è, di incontrare suo padre e gli eventuali fratelli e sorelle? Ecco dove l'ha portata la sua solfa dell'"è troppo tardi"!»

«Non dica così. Mi sento già abbastanza in colpa.»

«Già, però in fondo non desiderava davvero ritrovarlo e ha lasciato che la situazione degenerasse.»

In effetti, non ha tutti i torti.

«Invece suo figlio aspetta questo momento da così tanto tempo che sarebbe disposto a fare qualsiasi cosa. Lui lo rintraccerà. Come si chiama?»

«Pierre Chenais. All'epoca era un giovane medico.»

«Quindi è più facile ritrovarlo!»

«Era un medico, ma niente ci garantisce che lo sia ancora oggi.»

«Conosce molti idioti che studiano Medicina per quindici anni e poi decidono di punto in bianco di fare i meccanici? Bene, abbandoni quell'espressione infelice e mandi un SMS a suo figlio. IMMEDIATAMENTE.»

È un bell'osso duro questa qui! Lasciatemi fare lo struzzo e continuare a credere che tutta questa faccenda non debba essere riesumata!

Rose deglutì, digitò febbrilmente sulla tastiera le informazioni che fino a quel momento si era tenuta per sé e, una volta inviato il messaggio, si precipitò in bagno.

Per quel giorno aveva fatto il pieno di emozioni: la voce della nuora e il suo inglese perfetto, il figlio ancora arrabbiato con lei e il nome del suo primo amore ormai svelato. Giornate come quella non le augurava a nessuno. Giove avrebbe potuto metterla in guardia, almeno!

Dalla cucina giunse la vocina roca di Colette: «E domani si comincia il corso di aggiornamento in inglese! *Isn't it, my dear!*»

34

Non dirlo a me!

Il messaggio che Baptiste aveva ricevuto dalla madre l'aveva veramente scosso. Dopo diciott'anni di attesa, finalmente sapeva il nome di suo padre. Pierre Chenais. Se lo ripeteva bisbigliando. Era come la soluzione di un enigma, la password per accedere a un nuovo mondo, un mondo dove avrebbe potuto cancellare il concetto di «padre sconosciuto». Non gli importava molto di non conoscere un indirizzo preciso dove contattarlo. Aveva quelle tredici lettere sulla punta delle dita e una voglia matta di digitare «Pierre Chenais» sul suo cellulare per esplorare Google e Facebook alla ricerca di una faccia da associare a quel nome.

Tuttavia, per la prima volta, Baptiste si rese conto delle conseguenze che quella scoperta poteva avere. Lui, che da tanti anni aspettava quel momento, che aveva quasi sacrificato il rapporto con la madre per questo, capì che niente sarebbe più stato come prima. Baptiste, di solito piuttosto intraprendente, si trattenne. Una foto di famiglia felice lo avrebbe devastato di gelosia.

Non avvertì Jessica, che stava facendo un pisolino al suo fianco. Decise che quel momento apparteneva a lui, soltanto a lui. La sua paranoia riemerse. Con tutte le delusioni degli anni passati, le bugie di Rose e le difficoltà che aveva incontrato, temeva di essere nuovamente deluso. E se le informazioni della madre fossero state false? Se Rose si fosse inventata quel nome così, come mossa strategica, solo per ricucire il rapporto con lui prima della nascita del bambino?

Peggio ancora: e se quel Pierre fosse stato davvero suo padre ma non lo avesse voluto? Baptiste si era fatto molti film su quel primo incontro, l'aveva sempre immaginato come il ritorno del figliol prodigo. Il ragazzo era sconvolto. Non avrebbe sopportato di essere respinto.

Quella notte non chiuse occhio.

35
Il coach di surf

COLETTE era immersa nella lettura del giornale. Aveva passato la mattina a raccogliere i suoi vecchi manuali di inglese per insegnare la lingua di Shakespeare a Rose. Era diventato di importanza primaria motivare la «nonna-sitter», che era sempre più depressa da quando aveva capito che tra lei e la famiglia della nuora poteva aprirsi un abisso culturale. Rose non voleva ammetterlo, ma aveva capito pure che probabilmente il figlio si vergognava di lei.

Aveva cominciato a guardarsi con occhi diversi. Nel riflesso dello specchio scrutava con ribrezzo gli abiti dozzinali e dal pessimo taglio che indossava quel giorno, i capelli bianchi che non tingeva, i pelucchi sul suo gilet, le suole consumate delle scarpe. Pensò a quanto fosse priva di ambizioni e di cultura generale, cominciò persino a nutrire dubbi sul suo comportamento. Alla fine sospirò toccandosi il viso, che le parve sfiorito come tutta la sua vita.

Colette non era convinta che il metodo pedagogico teorico fosse il più efficace per lei. Le occorreva molta pratica ma, parlando sempre in francese, isolata tra quattro mura, non era facile trovare una soluzione.

Soprattutto perché, per lei, era ancora assolutamente impensabile mettere piede fuori di casa!

L'anziana signora era in cerca di ispirazione, quando le ultime pagine del giornale le restituirono il sorriso. Scorse un articolo sulle recenti iniziative di solidarietà nate grazie a Internet: scambi di case ai quattro angoli del mondo e il boom di Airbnb.

Colette non poteva fare un granché per Rose, dato che era barricata in casa, ma decise che, dal momento che lei non sarebbe andata verso il mondo, sarebbe stato il mondo a venire da lei.

Impegnata nella preparazione di uno spezzatino con verdure, Rose smise di colpo di pelare le patate e chiuse gli occhi, per concentrarsi meglio sull'idea assurda che le aveva appena comunicato Colette, sempre piena di inventiva.

«Ma perché dovrei aver bisogno di un coach di surf? Non vedo il nesso con il corso di inglese!»

Perplessa, Rose lasciò cadere una buccia, che Pépette ingollò per poi fare una smorfia, rendendosi conto che non era un pezzo di salsiccia, il cui profumo però riempiva la cucina.

«Ma no! Non sto parlando di un coach di surf, ma di *couchsurfing*. Mesi fa ne parlavano tutti, e c'era un articolo sul giornale di oggi che mi ha portato. Guardi!»

Rose si chinò sulla pagina, però non aveva voglia di leggere tutto l'articolo. «C'entra qualcosa con i tassisti?»

«No, no, è gente che viene a dormire sul tuo divano gratis.»

«Come si scrive *couchsurfing*?» chiese Rose, scorrendo l'articolo. Aveva pronunciato la parola con l'accento inglese meno azzeccato del mondo, masticando le sillabe con una vaga inflessione della Martinica. «Di certo la mia non è la pronuncia giusta, io non ho il suo accento *British*, *Lady Colette*. Comunque non capisco perché qualcuno dovrebbe fare una cosa del genere.»

«Chi? Quello che accetta di dormire da uno sconosciuto o quello che presta il divano a uno sconosciuto?»

«Entrambi! Sfugge proprio alla mia comprensione!»

«Be', se ne faccia una ragione, Rose, perché lo faremo insieme. Così, cara, potrà fare pratica con l'inglese.»

«Mi sa che forse preferirei un coach di surf...» replicò Rose in tono beffardo, sbollentando le patate.

La pancia piena, gli occhiali sul naso, Colette fissava lo schermo del computer di Rose. Le due neofite scoprivano con stupore un universo che si apriva davanti a loro. Migliaia e migliaia di persone di ogni continente praticavano quella strana forma di ospitalità che, nel mondo così poco solidale in cui vivevano, lasciava Rose a bocca aperta.

«Ma questa gente come può avere la certezza di capitare a casa di una persona perbene e non di un maniaco sessuale? Ha visto quante cose orrende succedono in giro? La gente è matta! E lei, Colette, è disposta a invitare uno sconosciuto in casa sua? Mi stupisce molto.»

«Ebbene sì», rispose Colette. «L'articolo spiega nel dettaglio che sia chi ospita, sia chi è invitato ha un profilo con le valutazioni delle esperienze precedenti. Dunque, se le cose vanno storte, tutti lo sanno. Tutto è riportato con cura. Poi un nuovo ospitante, come noi, deve essere presentato. Non tutti possono offrire il loro divano. Le regole sono severe, è una cosa rassicurante.»

«E chi ci presenterà?»

«Laurent, il paesaggista. Quando l'altro giorno gli ho telefonato per ringraziarlo del nostro magnifico giardino sul tetto, mi ha detto che quel genere di creazioni, che ha anche a casa sua, spopolano con i turisti che fanno tappa sul suo divano. Lì per lì mi è parso un commento un po' libertino... L'ho richiamato qualche minuto fa per sapere se parlava proprio del couchsurfing, e ho scoperto che lui ne è entusiasta. Ha fatto solo incontri straordinari e ha accettato al volo di presentarci!»

«Sì, ma se tutti fanno così...» insistette Rose, impuntandosi.

Senza prestare la minima attenzione a quella somara che cercava qualsiasi scusa per non praticare un po' d'inglese, Colette riprese: «Insomma, in poche parole, saremo noi a selezionare l'ospite che vogliamo accogliere, e chiaramente sarà di sesso femminile».

«Perché no! In effetti avremmo molto da offrire: un tetto a Parigi, un buon pranzetto tipicamente francese... Lei è davvero un tipo originale, Colette. Non mi sarei mai aspettata niente del genere da lei. E dove dormirebbe il nostro ospite?»

«Nel suo appartamentino, non c'è alcun dubbio. Un sacco di donne si contenderanno il nostro divano! Dove ho ficcato il mio mappamondo? Stasera sceglieremo la nostra destinazione...»

36

Le cose stanno così

Nel suo bagno, mentre l'acqua scorreva da parecchi minuti, Colette riprendeva il filo delle ultime conversazioni osservandosi allo specchio. Non riusciva a capire come fosse riuscita a convincersi ad accogliere un'estranea in casa sua, a trasformare l'appartamento in un albergo di fortuna e se stessa in un'ospite modello… e tutto per il bene di Rose. Avrebbe dovuto permettere a una sconosciuta di entrare tra quelle mura e di toccare qualsiasi superficie per ventiquattr'ore… Che diavolo le era preso?

Rose per lei era una boccata d'aria fresca, ma da lì ad autoimporsi situazioni di stress, solo per andarle in soccorso, ce ne passava. Perché stava facendo tutto ciò per quella donna? Colette sapeva che i suoi disturbi ossessivo-compulsivi non erano facili da gestire, ma in realtà non erano il suo problema principale. Aveva fatto l'abitudine alle sue manie, ci conviveva pacificamente da un pezzo, e ogni tanto riusciva anche a tenerle a bada.

Adesso c'era un'altra cosa a preoccuparla: da un po' di tempo perdeva l'equilibrio e di recente era anche caduta, in due occasioni. Per fortuna Rose non aveva assistito a quegli incidenti. La seconda volta era in bagno, con la porta chiusa; sola, lì dentro, Colette ci aveva messo una decina di minuti a rialzarsi. Cadendo aveva urtato il lavabo e da allora aveva un gran dolore. Sospettava di essersi ferita a un fianco, ma a che pro dirlo a Rose? Non si può fare niente, per una costola incrinata.

Quello che l'aveva rattristata di più era stata la bugia che aveva dovuto inventare per giustificarsi. Il fattaccio era avvenuto il giorno in cui i negozianti del quartiere erano venuti a pranzo da lei, facendole un'improvvisata. Colette si era assentata un attimo per andare in bagno e aveva dovuto inventarsi la storia della doccia con Rose, furiosa per essere stata abbandonata con i quattro ospiti. E loro cosa avevano pensato di lei? Che li snobbava? Che era diventata pazza? Le poche persone che si ricordavano ancora di lei e la apprezzavano davvero...

Colette dubitava che i suoi giochini di prestigio avrebbero funzionato ancora a lungo. Rose non era stupida.

Doveva semplicemente tenere duro. Dal punto di vista fisico. Lei non serviva più a un granché, dato che viveva reclusa nell'oscurità dell'appartamento, ma Rose aveva bisogno di lei, di qualcuno che la rimettesse in carreggiata, che la scuotesse, come nessuno aveva mai fatto. Colette capì che la situazione si era ribaltata in maniera stupefacente. Malgrado le apparenze, toccava a lei aiutare Rose. Una fatina buona per una Cenerentola contemporanea!

37

Puzza sotto il naso

LA signora Lupin junior era tornata e imprecava come una matta. Obbligo di distanze di sicurezza, guai ad avvicinarla. A quanto pareva, il suo viaggio con Richard era andato meno bene del previsto. Ormai era un'abitudine! Persino Pépette era caduta in disgrazia: quando le andava incontro per festeggiare il suo ritorno, la padrona la strapazzava.

Véronique era di un umore tremendo. Rose doveva tenere assolutamente un profilo basso. Colette, invece, era rimasta nel suo appartamento, lontana dalla furia della figlia, che sbatteva una porta dopo l'altra.

In punta di piedi, Rose afferrò il volpino e si eclissò dall'appartamento. Non era il momento di incrociare il cammino del tornado. Véronique, quel pomeriggio, aveva invitato degli amici per organizzare la manifestazione contro il centro di accoglienza per senzatetto, progetto che in una settimana aveva fatto molti progressi, e Rose non voleva certo essere un elemento di disturbo.

Mentre scendeva silenziosa le scale con la cagnetta in braccio, la voce stridula di Véronique riecheggiò sopra di lei: «Ehi! Uhuh! Ferma! Qui, su! Immediatamente!»

Rose, incerta, si bloccò su un gradino.

«Sì, qui, subito.»

Non c'era ombra di dubbio, Véronique stava chiamando una delle due: o la sua cagnetta, oppure la sua dog-sitter. Considerato il tono, Rose ritenne che l'ordine fosse destinato al cane e scese di corsa gli ultimi gradini. Era una questione di principio. Addirittura Pépette sembrava confermare, facendo il broncio, che nessuno si era mai rivolto a lei in quel modo.

Rose stava per dare un'ultima possibilità alla donna, che le faceva quasi pena per quanto si sgolava, quando la sentì gridare: «Tanta maleducazione è assurda! Le ordino di fermarsi, Blanche, dico a lei!»

Rose si sbatté il portone alle spalle e si tuffò nella frenesia delle strade parigine, diretta al caffè. Almeno lì si ricordavano il suo nome.

38

Pasticceria da sogno

ROSE, nascosta dietro il giornale aperto, se la rideva a osservare Véronique che andava avanti e indietro per la strada cercandola, i capelli scarmigliati e un abbigliamento che di norma riservava alle ore notturne.

Le zampe anteriori appoggiate al vetro, Pépette scodinzolava ogni volta che passava la sua padrona. Per garantirsi ancora qualche minuto di tranquillità, Rose corruppe il volpino con un pezzo di sfoglia al cioccolato, che il cane ingollò in un attimo. Era ormai lontana l'era della dieta a base di foie gras e caviale!

Quando Véronique entrò nel caffè per ordinare un succo di guava ghiacciato, fu sollevata nell'incrociare lo sguardo di Rose al di sopra del quotidiano e si accasciò sulla sedia di fronte a lei.

«Finalmente! Ma che cosa le è preso?» berciò.

Rose si tolse gli auricolari e finse di non capire.

Véronique stette al gioco e proseguì: «Ma che cos'ha oggi? Sembra di cattivo umore. Deve sforzarsi di reagire!»

Il bue che dice cornuto all'asino!

«Già che ci siamo, ho bisogno che mi accompagni in pasticceria.»

Rose le lanciò un'occhiata interrogativa. Da quando in qua accompagnare Véronique Lupin rientrava tra le sue mansioni? E da quando la donna mangiava dolci? Era costantemente a dieta e Rose non ricordava di averla mai vista mandar giù qualcosa che non fosse aria!

«Questo pomeriggio passeranno da me delle amiche a dieta e mi piacerebbe riuscire a farle cedere... Questa settimana ho preso settecento grammi e non voglio essere la sola a sentirmi una cicciona al corso di yoga lunedì prossimo.»

Che mentalità sana!

Rose pagò la consumazione a Edgar, che la ringraziò con una strizzatina d'occhi piena di incoraggiamento. Solo Pépette sembrava entusiasta di trotterellare in mezzo alle sue due padrone.

Véronique fece il suo ingresso in pasticceria come un'attrice di teatro sul palcoscenico. Certamente abbagliata dai faretti, sorpassò tutti quelli che erano in fila e si piazzò proprio dietro la cliente alla cassa. Aveva scavalcato le persone presenti con una naturalezza così sconcertante che nessuno protestò.

Sfolgorante di bellezza (o di Botox?).

Isabelle, che stava finendo di servire la cliente precedente, non notò subito la sua presenza – cosa che la Lupin detestava più di ogni altra cosa al mondo. Véronique friggeva. Odiava aspettare.

Non paiono molto efficaci, i suoi corsi di yoga!

Sull'orlo di un collasso nervoso e ipoglicemico, per via del digiuno che si imponeva per perdere un grammo (pur essendo innegabilmente vittima di una bulimia da torte), Véronique si girò verso la cliente dietro di lei e sibilò: «Sono bravissimi a fare dolci, ma quanto sono lenti!»

Tutti fecero silenzio. Di rado Rose aveva provato un simile imbarazzo. Isabelle l'aveva riconosciuta. Come osava Véronique gridare ai quattro venti cose simili?

Tutti gli sguardi si fissarono su di lei e Véronique, soddisfatta, li prese come un invito a fare la sua ordinazione.

«Finalmente! Dunque, mi dia una meringata al limone per quattro persone, senza ficcarci sopra tutte le vostre decorazioni di plastica. E, nell'attesa, mi dia un bignè alla crema.»

Rose, ancora urtata dalla sfacciataggine della donna, la osservò ammirata cedere a una bomba calorica, proprio mentre tendeva una trappola dieteticamente diabolica alle sue presunte amiche. Il commesso le porse un vassoietto di cartone al centro del quale troneggiava il bignè.

Rose sentì l'acquolina in bocca, l'avrebbe volentieri mangiato in un solo boccone, ma di certo Véronique non gliene avrebbe concesso nemmeno una briciola. «Mica abbiamo mai mangiato nello stesso piatto...» le avrebbe sicuramente fatto notare la Lupin junior, che prese il vassoietto e offrì il bignè a... Pépette. Il volpino lo divorò di gusto, lasciando tutti esterrefatti.

Una volta servita, la donna rovesciò sonoramente il contenuto del suo portamonete e lasciò soltanto il denaro necessario a pagare la torta al limone. Considerava omaggio il bignè, forse come risarcimento per l'attesa *interminabile* di cui a suo dire era stata vittima. Poi girò sui tacchi, seguita dal fiero volpino e da una dog-sitter imbarazzatissima, che senza dare nell'occhio rivolse un saluto amichevole a Isabelle, prima di uscire dalla pasticceria. I clienti restarono di sasso, chiedendosi se la meringata non fosse per il pesce rosso della signora…

39

Mi urti i nervi!

«MAI contento», ecco come Rose avrebbe potuto definire il figlio. Dopo oltre diciott'anni a prendersi cura di lui, a dargli il meglio, lui non faceva che pretendere, sempre di più. Dopo averla costretta a rivelargli il nome del padre, le aveva inviato un messaggio persino più laconico dell'ultimo: «Non riesco a rintracciarlo. Spero che tu non mi abbia mentito ancora».

Che altro poteva fare? Passeggiando nel parco di Batignolles con Pépette alle calcagna, per tentare di lasciarsi alle spalle la figuraccia orrenda che le aveva fatto fare Véronique Lupin davanti a Isabelle, Rose decise di chiamare sua sorella Lili. Aveva bisogno di conforto e di consigli per sistemare le cose con Baptiste.

Intuiva che avrebbe pagato caro anche il minimo errore, che Baptiste avrebbe potuto impuntarsi di nuovo, mandando in fumo tutti i suoi sforzi. Ogni volta che parlava con lui o rispondeva ai suoi messaggi, aveva l'impressione di maneggiare della nitroglicerina.

Come al solito, ci volle un po' prima che la sorella alzasse il ricevitore.

Quando, dopo tre tentativi, finalmente rispose, aveva la voce impastata. «Mmh… sì?»

«Ti ho svegliata?» chiese Rose lanciando un'occhiata all'orologio, che segnava però le undici e mezzo.

«Sì, stavo facendo un pisolino. Ma stavolta i miei colleghi non mi scopriranno, ho chiuso a chiave la porta dell'ufficio.»

«Non dirmi che continui con quell'assurda abitudine di svegliarti ogni mattina alle cinque, come gli americani!»

«No, ho smesso, ho seguito i tuoi consigli.»

«Per una volta...» replicò in tono beffardo Rose. Dall'altro capo del filo si sentì un sonoro sbadiglio e Rose riprese: «Be', e allora perché sei così stanca?»

«Ho deciso di essere vegana: non ne posso più di vedere tutte le crudeltà che vengono inflitte agli animali, il tutto per una bistecca o una pelliccia. Da quando ho iniziato, non so perché, sono sempre esausta...»

Rose stava per risponderle, quando fu sopraffatta all'improvviso da una paura irrazionale. Sentì una stretta al cuore, come quando a Baptiste era capitato di rincasare tardi, ma questa volta era per Colette. Di colpo Rose aumentò il passo; Pépette correva a perdifiato, emettendo un rantolo asmatico, ma riuscì comunque a tallonare la dog-sitter.

Rose aveva salutato l'anziana signora più di un'ora prima per fare le commissioni del mattino, e ora aveva un brutto presentimento. Sapeva che non doveva più assentarsi troppo a lungo, che non era una buona idea.

«Lili, non pensare che il tuo nuovo capriccio non mi appassioni, ma ho poco tempo. Ho bisogno che tu mi dia una risposta. Ti ho inviato un messaggio due ore fa e ancora non so che fare: ci vediamo domani per un aperitivo o hai deciso di smettere anche di bere?»

«Che faccia tosta! Sei tu che mi hai abbandonato,

venerdì scorso, per passare la serata con quella vecchia matta. Se hai scoperto una passione tardiva per le donne mature, dopotutto... perché no? Finché c'è l'amore...»

«Molto divertente, muoio dalle risate! Torna a mangiare carne, ci vai giù troppo pesante!»

«La mia conversione al veganesimo non è un 'capriccio', per tua informazione lo prendo molto sul serio! È una filosofia troppo poco conosciuta, che si basa sull'empatia verso tutti gli esseri viventi e, in primo luogo, verso gli animali. Una baby-sitter per cani come te dovrebbe capirlo...»

Tuuu... tuuu... tuuu... Come quella di Véronique, anche la pazienza di Rose aveva un limite.

40

Chi non risica non rosica

ROSE salì i gradini quattro alla volta e piombò senza fiato nell'appartamento di Colette. Non la trovò né in cucina né in nessun'altra stanza. In preda all'inquietudine, scese la scala e sbucò senza preavviso nel bel mezzo del salotto, dove vide Véronique addormentata sul divano bianco. Nonostante l'irruzione focosa di Rose, la donna non fece una piega. Era praticamente in coma: doveva aver ingollato più pillole di quelle previste dalla sua dieta criogenica. Non si svegliò nemmeno quando Rose ispezionò ogni recesso del suo lussuoso appartamento, prima di tornare in fretta di sopra.

Davanti alla porta del suo appartamentino, impiegò un bel po' prima di trovare la chiave giusta; una volta entrata, di Colette nessuna traccia.

Non sapeva più dove cercarla: mai e poi mai sarebbe uscita da sola. A meno che…

Rose scavalcò la finestra in fondo al corridoio e, arrivata nel giardino sul tetto, trovò Colette, seduta tranquilla. Sulle sue ginocchia, il computer.

Appoggiata al muro, ansimante, Rose tentava invano di riprendere fiato. Pépette era rimasta lunga distesa su un fianco sullo zerbino davanti alla porta di casa, incapace di fare un altro metro.

Per la prima volta Rose aveva notato le strane parole stampate sopra: ITINERARIO RACCOMANDATO, con due frecce che avrebbero dovuto invitare gli ospiti a entrare. Ma Colette l'aveva girato al contrario, indicando così ai potenziali visitatori di andarsene. Rose si disse che l'avrebbe rimesso a posto, per mostrarsi più accogliente nell'esperimento ormai prossimo di couchsurfing.

Davanti all'occhiata interrogativa di Colette, Rose le fece segno che andava tutto bene, ma le sue guance paonazze e il fatto che fosse piegata in due per via di una fitta intercostale dicevano l'esatto opposto. Aveva provato una paura immotivata e non aveva alcun motivo per condividere le sue ansie con la donna. Altrimenti sarebbe stata lei a sembrare quella un po' matta.

Colette, ignorando la drammatica entrata in scena della dog-sitter, si sistemò gli occhiali sul naso e si rimise a digitare sulla tastiera.

Rose riprese finalmente a respirare e osservò: «Toh, abbiamo lo stesso computer!»

«No, è il suo. Mi sono permessa di pulirlo, era davvero sporco. Ci ho messo un sacco di tempo.»

«Ehi, un attimo… L'avevo lasciato sul comodino…»

«Sì, è proprio lì che l'ho trovato! La ringrazio, a proposito, di avermi facilitato le cose. Detesto cercare per ore, soprattutto ciò che non ho perso!»

«Ma potrei sapere…»

«Come ho fatto a entrare? Con il doppione della chiave, nascosto sul pianerottolo. Sì, era un'emergenza.»

«Ah! Sapevo che c'era qualcosa che non andava. Ha avuto un altro attacco di panico?»

«Ehi! Di che parla? Io sto che è una meraviglia. Avevo solo bisogno di una connessione. E di un po' d'aria pura. Per sua informazione, ho ritrovato Pierre, il suo primo amore!»

«*Whaaat?*» chiese Rose, confusa, usando una delle poche parole inglesi che conosceva.

«È diventata bilingue? Brava!»

«Ma come ha fatto?»

«Non sono ancora da buttar via! E, sempre per sua informazione, Pierre è ancora un medico. Diciamo che è utile avere una pazienza a prova di bomba e un indirizzario ben nutrito degli specialisti in Francia. Ecco, si scriva il recapito di Pierre e mandi subito un messaggio a suo figlio, altrimenti lo faccio io, la avverto!»

«E come? Mica ha il suo numero...»

«Come no? Ho anche quello di sua sorella, si figuri! Ho persino quello del suo astrologo! Spero che non lo consulti più, quello lì! Alla luce delle previsioni dell'anno scorso avrebbe potuto denunciarlo! Che ciarlatano, non ci ha azzeccato minimamente!»

«Ma com'è possibile? Dove li ha trovati? Tengo sempre il cellulare in tasca!»

Rose rifletté per un attimo. Colette le rivolse un sorriso enigmatico da Monna Lisa.

«Ha spiato tra i miei contatti il primo giorno?»

«Brava, complimenti! Preferisco sempre essere prudente quando mia figlia decide di mettermi in casa la prima matta che passa di qua! Ah, comunque: ha un appuntamento con Pierre sabato. Vuole che le dia il suo 07?»[2]

«Colette, si dice '06'!»

«Anche se comincia con 07? Mi piaceva di più, mi ricordava James Bond...»

[2] Lo 06 e lo 07 sono i prefissi telefonici dei cellulari francesi, ma si utilizza «06» per indicare tutti i numeri di cellulare, in generale. (*N.d.T.*)

41

Se qualcuno ti chiede qualcosa, di' che non sai niente!

Era finalmente venerdì e, in quella settimana assurda, il loro rituale tra sorelle era più che benvenuto.

Quando Lili aprì la porta di casa, era di pessimo umore. In faccia le si leggevano i segni di quei primi giorni di dieta vegana: occhi stanchi, guance scavate e incarnato smorto.

Istintivamente Rose lanciò un'occhiata agli stuzzichini preparati dalla sorella per il tradizionale aperitivo del venerdì: solo novità stravaganti! In quel periodo faceva una scoperta dopo l'altra e doveva ammettere che non le dispiaceva: aveva bisogno di mettere un po' di pepe nella sua vita. E non solo sul piano culinario.

Se le ultime trovate di Lili l'avevano fatta più che altro ridere, era entusiasta all'idea che la sorella per una volta si mettesse al servizio di una buona causa, quella animalista. Aveva deciso, ancora bambina, di diventare avvocato per rendere il mondo un luogo più giusto e aiutare i meno fortunati. Un sogno infantile, come altri avrebbero potuto scegliere di fare il pompiere o il veterinario, rinunciando però alla prima difficoltà. Non certo Lili.

Eppure, gli inizi non erano stati dei più semplici:

cause non scelte da lei, in cui le era chiaro che il presunto innocente era sicuramente colpevole; colleghi maschilisti che la relegavano al ruolo di accompagnatrice dei clienti e le davano dei buffetti per congratularsi quando aveva lavorato bene; o un capo che prometteva mari e monti, dando per scontato che «fare carriera» fosse sinonimo di «fare la carina».

Lili aveva tentato di adattarsi per anni, anni nei quali Rose aveva sperato che la sorella ritrovasse i suoi principi e mollasse tutto per difendere i più deboli come aveva sempre sognato. E invece no, la giovane avvocatessa ci teneva a dimostrare di essere brava quanto i colleghi uomini e che anche lei, un giorno, sarebbe diventata una grande penalista, con un talento riconosciuto e una carriera di tutto rispetto.

In attesa di quel giorno glorioso, Lili si era privata del sonno, degli amori, dei figli e ora anche della carne. Non aveva tempo – o voglia, non era chiaro –, ma Rose sentiva che, dietro la facciata degli aperitivi briosi, delle serate tra donne, delle chiacchiere sui rapporti difficili tra Rose e Baptiste, anche Lili desiderava qualche motivo di preoccupazione che, per una volta, esulasse dalla sua professione.

Facendo onore al buffet vegetariano, Rose prese di petto la questione: «Che devo fare con Baptiste e Pierre?»

«Sei *tu* che devi risolvere i tuoi problemi!»

«Eh? Ma hai il ciclo o che cosa? Sii gentile, ho bisogno dei tuoi consigli.»

Davanti al broncio della sorella, Lili ribatté: «Okay, riassumendo: Baptiste ha incontrato il padre e non è andata come aveva previsto. Tuo figlio mi ha chiamato, è completamente disorientato. Capisco che ce l'abbia con te, e tocca a te aiutarlo. E nessuno può risolvere i tuoi problemi al posto tuo! Non hai mai voluto ascoltarmi. All'epoca ti ho spinto a dire la verità a Pierre. Tu hai fatto la dura, sei stata egoista e guarda il risultato!»

«Ottimo sostegno morale, sorella!»

Le due donne tornarono a concentrarsi sui cocktail, in silenzio. Lili aveva raggelato l'atmosfera.

Alla fine Rose fu costretta a cedere: «Sì, è vero, all'epoca non ho seguito i tuoi consigli riguardo a Pierre, ma ero convinta di fare la cosa migliore. Credo che non sia mai troppo tardi per porre rimedio ai propri errori!»

«Strano, hai sempre detto il contrario.»

«Sì, ma le cose cambiano.»

«Allora devi parlare con Pierre.»

«Ho l'impressione che non mi capisca nessuno! Ti ricordo che mi aveva annunciato che sarebbe partito per una missione di tre anni in Africa con una ONG… e qualche giorno dopo ho scoperto di aspettare un bambino da lui. Non potevo abbandonare te e papà. E nemmeno potevo chiedere a lui di lasciar perdere tutto per me. Ragione per cui, scusami tanto, questo non lo chiamo 'egoismo'. Egoista sarebbe stato costringerlo a rinunciare al suo sogno, imprigionarlo, mettendolo di fronte a responsabilità che non voleva.»

«E non ti è mai venuto in mente invece che forse sarebbe stato felicissimo di sapere la verità? Un figlio non era forse una buona ragione per restare? Non ti sei mai detta, in oltre diciott'anni, che avreste potuto essere felici, voi tre? Che Baptiste avrebbe potuto avere un padre? Che Pierre avrebbe potuto trovare il modo di essere presente? Ma tu lo chiami un regalo che hai fatto a entrambi! Hai preso una decisione per proteggere te stessa, perché forse non avresti sopportato un rifiuto.

Se vuoi veramente il mio parere, ti ripeto che tocca a te sistemare le cose con Pierre. È il minimo che puoi fare per semplificare la vita a Baptiste!»

«Certo che sei proprio una bella insolente!» replicò Rose, a corto di risposte.

Fece per finire il suo bicchiere, per darsi un contegno, ma era vuoto. Come il suo cuore, o la fiducia che riponeva in se stessa. Si versò un drink più forte e attaccò: «Ho bisogno di te. Sai perfettamente che ho sempre pensato al bene degli altri, spesso prima che al mio! Quindi non tollero di essere trattata come un'egoista, proprio no! Soprattutto se l'accusa proviene da una donna sola, che ha sempre fatto tutto in funzione di se stessa! Che ne sai tu, dell'altruismo? Ti sei mai presa cura di qualcun altro, a parte te?»

A Lili andò di traverso quel che restava del suo cocktail a base di carota e zenzero, poi sparì in cucina per diversi minuti. Rose era preoccupata: ci era andata un po' pesante.

Quando Lili tornò, portò un piccolo *moelleux* al cioccolato con due cucchiaini e riprese in tono più calmo: «Seriamente, Rose, che cosa ti aspetti da me? Che organizzi una riconciliazione con tuo figlio? Già fatto. Vuoi che vada a parlare con Pierre al posto tuo? Eri molto più intraprendente e sicura di te a dieci anni, quando la mamma se ne è andata e tu ti sei occupata di papà e di me. Da quando è morto papà non ti riconosco più, sei sempre indecisa. Mi chiedi dei consigli, quando prima era il contrario! Ero io a venire da te, che eri quella con la testa sulle spalle. Torna in te, Rose».

Rose tacque, gli occhi persi nel vuoto. Era il caso di confessare che, dopo la morte di papà, aveva l'impressione di non servire più a nessuno? Baptiste aveva preso il largo, Lili era diventata più dura, come se il dolore l'avesse appena sfiorata. Mentre lei, Rose, andava alla deriva, era sempre piena di dubbi, non sapeva più prendere la minima decisione. Che ruolo aveva adesso? Si era persa per strada.

«Già, a volte i ruoli nella vita cambiano. La figlia diventa la madre, la mamma riveste il ruolo del papà e la sorella che ha sempre tenuto il timone ha bisogno di aiuto. Dammi una mano: voglio recuperare il rapporto con Baptiste. Sono ormai otto mesi che se n'è andato di casa, e sono stufa di questa guerra fredda tra noi.»

Lili si fermò, posò il cucchiaino pieno di cioccolato e fissò la sorella negli occhi. «Okay. Se io ti aiuto con Baptiste, tu però aiuti me.»

«Certo, come ho sempre fatto. Non chiedo di meglio. In che cosa posso aiutarti? Non chiedermi di non mangiare carne, per favore», rispose Rose, facendo una battuta che si rivelò subito fuori luogo.

«No, voglio che tu mi dia una mano economicamente. Mi sono licenziata.»

42

Gettare il bambino con l'acqua sporca

ROSE era terrea. Non riusciva a riprendersi dopo aver scoperto l'ultima follia della sorella. Licenziarsi? Proprio quando aveva avuto una promozione e stava per trasferirsi a Marsiglia, di lì a cinque mesi!

«Ma… non capisco», riuscì solo a farfugliare.

«Eppure è chiarissimo. È da un pezzo che valuto i pro e i contro. Sto per compiere quarant'anni e non posso più aspettare di trovare per caso il principe azzurro. Il mio lavoro è un vampiro che mi risucchia tutte le forze!»

«Ma che razza di scemenze stai dicendo? Sei sicura di assumere abbastanza proteine!? Che cosa c'entra il tuo lavoro con la tua vita sentimentale?»

«Mi sembra evidente», ribatté Lili. «Devo cambiare lavoro e aria, se voglio incontrare persone nuove, e magari, finalmente, l'uomo 'giusto'. Comunque, se esistesse, tu l'avresti già incontrato: passi tutte le tue giornate fuori, a vedere gente. In effetti avevo pensato di contenere la mia ossessione di trovare un uomo diventando dog-sitter, ma…»

«Sei contraria alle crudeltà contro gli animali!» la sbeffeggiò Rose.

«Sei veramente scema! Ma sono seria circa le dimissioni, Rose», replicò Lili. «Se avessi visto che faccia hanno fatto i miei capi, hanno piantato un muso! Dovrai spartire il tuo salario di baby-sitter per cani. Mi conosci: sono sempre stata del genere 'cicala' e non ho ancora nessuna proposta sotto mano. Né una direzione certa, e sono stata costretta a scartare l'opzione di 'badante per animali', dal momento che, essendo tu allergica, un cane mi avrebbe fatto perdere l'unica persona più o meno sana di mente che accetta di posare le chiappe sul mio divano con una certa regolarità. Sei un po' la mia couchsurfista!»

Le due sorelle si abbracciarono strette e restarono così a lungo. Avevano entrambe bisogno di tenerezza. La tenerezza degli adulti, che a volte si sentono persi nel mondo dei grandi.

43

Tale padre, tale figlio

ROSE aveva un appuntamento. Ed era sotto stress. Non le capitava da… Insomma, in poche parole: non sapeva più come comportarsi e si sentiva talmente male che la nausea minacciava di sopraffarla.

Non rovinare l'incontro con una sincope vasovagale o una diarrea verbale in stile Bridget Jones!

Per non sentirsi del tutto sola, gli aveva dato appuntamento al *Café des Batignolles*. Si era piazzata al suo tavolino preferito, ma non riusciva a immaginare che la discussione che l'aspettava potesse finire bene. Tenersi vicino Edgar era stata proprio una buona idea.

Che potrebbe raccogliermi con il cucchiaino, se necessario.

Quando entrò, il suo cuore si fermò. Era invecchiato e sembrava stanco. Ma era bello, con quel completo blu scuro. Non lo aveva mai visto così elegante. Si sedette di fronte a lei, la fissò. Lei avrebbe voluto che le sorridesse e le desse un bacio sulla guancia.

Ma non si può pretendere che uno squalo diventi un pesce pagliaccio in un solo appuntamento…

Edgar portò due caffè. Per qualche istante rimasero in silenzio, entrambi concentrati sulla tazzina fumante.

Poi Rose si lanciò: «Stai benissimo, figlio mio. Mi fa un gran piacere vederti in giacca e cravatta… E bravo per il diploma alberghiero: ho chiamato la scuola e mi hanno detto che hai ottenuto le lodi speciali della commissione. Come va il lavoro?»

«L'ho cambiato. Ho lasciato il tutor del tirocinio e adesso lavoro con il padre di Jessica, nel suo complesso alberghiero. Ho un posto super per la mia età. Sono fortunato a godere della sua fiducia.»

«E come sta Jessica? La gravidanza procede bene?»

Ottima mossa, la domanda sulla nuora. È importante per guadagnare punti con Baptiste.

«Sì, il parto è vicino. Jessica ha appena iniziato il congedo di maternità. Sono anni ormai che suo padre la prepara perché prenda il suo posto. Lavora anche lei dal padre, come sommelier. Sono tipi che fanno sul serio, tipo la famiglia Hilton, solo che Jessica non è tanto una Paris, ma più genere Politecnico…»

Poli… che?

«Suo padre andrà in pensione al termine del congedo di Jessica. Per questo mi mette alla prova e mi fa sudare sette camicie, ma mi pare legittimo. Non mi dispiace sgobbare, se riguarda le mie passioni.»

Rose taceva: non sapeva come abbordare l'argomento principale, ovvero Pierre. Lili l'aveva istruita: «Lascialo parlare, fai delle domande aperte, non giudicarlo e, soprattutto, non chiedere niente!»

«Ti ho portato questa», si limitò a dire poi, porgendogli una vecchia foto ingiallita. «Sei tu da piccolino. Eri nato da pochi giorni. Guarda che musetto! Niente capelli, ma eri sempre sorridente. Spero che il tuo bimbo sia carino come te.»

«Difficile a dirsi. Per il momento lui se ne sta al

calduccio», continuò Baptiste, mostrando sul cellulare una foto di Jessica, decisamente incinta.

La ragazza dai capelli rossi era splendida e mostrava all'obiettivo il sorriso più innamorato del mondo.

Rose si commosse. Suo figlio aveva fatto un passo verso di lei, e non importava che ne fosse davvero consapevole. E aveva detto «lui». La futura nonna stava per versare una lacrimuccia, ma si trattenne.

Non rovinare tutto!

Baptiste si rimise il cellulare in tasca e Rose si irrigidì. Doveva assolutamente arrivare al nodo della questione, però non voleva parlare per prima. Lili le aveva detto: «Nelle trattative, perde sempre chi parla per primo». Si era allenata a gestire i silenzi e stava muta come un pesce.

Un vero Maestro Yoda.

Rose lanciava delle occhiate a Edgar, che li osservava senza capire quel muro di silenzio. Pensando di dare una mano, portò una fetta di torta da condividere, ma Baptiste si alzò: «Non ho tempo. Volevo solo rivederti e chiederti di aiutarmi. Con Pierre. L'ho contattato e le cose sono andate da schifo. Altro che rimpatriata da sogno…»

Non c'è da stupirsene…

«Mi occupo io di tuo padre, Baptiste. Gli parlerò sabato e metterò a posto le cose. Ci vediamo la settimana prossima per aggiornarci? Dai un bacio a Jessica da parte mia, buon lavoro.»

Brava, Super mamma! Distaccata, non invadente… Proprio quello che ci vuole. Che progressi!

Appena il figlio infilò la porta del caffè, Rose si accasciò.

Allarmato, Edgar le si sedette accanto, mettendole

amichevolmente un braccio intorno alle spalle per tirarle su il morale. «Non pianga, Rose. Che succede?»

Lei trasalì e cercò disperatamente di rispondere con un filo di voce: «Piango perché tutto è andato a meraviglia, mille volte meglio del previsto», disse, con grande stupore di Edgar, pronto ad asciugare le lacrime della sua cliente preferita.

44

Contare fino a dieci prima di parlare

NEL momento esatto in cui si apprestava a varcare la soglia della casa della Lupin junior, Rose arretrò e si richiuse la porta alle spalle. Aveva appena visto l'SMS inviato dalla prima couchsurfista che lei e Colette avevano deciso di ospitare. Le gambe le tremavano a tal punto che fu costretta a sedersi appoggiandosi al muro del pianerottolo: non aveva le forze per salire due rampe e poter stare tranquilla nel suo appartamentino.

La surfista giapponese aveva deciso di anticipare di una settimana la partenza ed era già in arrivo. Un disastro! Rose doveva assolutamente annullare la prenotazione. La famosa cena di Véronique Lupin era organizzata per quella sera stessa e Rose non aveva dubbi: non valeva la pena di correre un rischio inutile.

Rilesse il messaggio. La nipponica le chiedeva di telefonarle per confermare che non ci fossero problemi. Rose fu presa dal panico all'idea di sostenere un'intera conversazione in inglese. Decise allora di inviarle un video, in cui avrebbe letto un testo chiaro e accuratamente preparato. Dopo aver sudato sette camicie per scoprire come attivare la modalità video sullo smartphone, Rose si mise a registrare le spiegazioni urlando e scandendo in maniera esagerata ogni parola, in modo che l'ospite cogliesse la gravità del momento.

«Impossibile venire oggi! *Today, not possible!* Divano già occupato. *Couch already with someone inside.* (Era una piccola bugia, ma la situazione lo richiedeva.) Settimana prossima, okay. *Next week, YES. Today, NO. OKAY???*

Appoggiata alla porta di Véronique, Rose tentava di ritrovare la calma. Aveva declamato a gran voce il discorso in inglese come se ne andasse della sua vita. Non troppo brillante, come primo contatto, quando si vuol essere un *host* a cinque stelle! Stava digitando un messaggio di accompagnamento, quando cadde all'indietro, cosa che le impedì bruscamente di premere «Invio».

45

Mai mangiato nello stesso piatto

In cerca della pazza che urlava e le impediva di allineare i chakra, Véronique Lupin trovò davanti alla porta, sul pianerottolo – gambe all'aria e rossa in viso prima per la sorpresa e poi per la vergogna – una dog-sitter.

«Rose? Ma è lei che strilla come un maiale sgozzato? Che le prende?» si indignò Véronique, afferrando il cellulare all'origine del crimine, con l'intenzione di confiscarlo.

Rose sapeva che non era il momento di parlare: aveva imparato a decodificare il linguaggio della donna.

Innanzitutto, l'ultima domanda era puramente retorica: Véronique non aveva la minima intenzione di informarsi sul perché la sua dipendente si stesse comportando a quel modo. Non le interessava, e non aveva tempo da perdere in cose simili.

In secondo luogo, Rose aveva di che rallegrarsi: finalmente Véronique aveva imparato il suo nome, anche se lo associava ad animali poco civilizzati.

La Lupin junior non si prese il disturbo di rendere il telefono a Rose, né di accertarsi che non si fosse fatta male. Con il suo pigiama bianco in seta, si lasciò cadere sul divano, si massaggiò l'arco plantare e, guardando intensamente Rose, proferì le seguenti parole: «Sono depressa: ho dentro un gran vuoto».

Tanta lucidità in una sola frase: attenzione che non ti esploda il cervello!

«E perché mai?» la incoraggiò Rose, fingendosi preoccupata. «La manifestazione contro i senzatetto è stata annullata?»

«Santo cielo, per fortuna no! È l'unico progetto che mi tira su il morale, di questi tempi. Ed è assolutamente necessario porre fine a questa pagliacciata. Proprio stamattina ne ho visti alcuni travestiti da rifugiati pezzenti per suscitare la pietà dei creduloni e ottenere degli appartamenti nei migliori quartieri della capitale. Mentre in realtà vanno in giro in Mercedes!»

«Come lei? Ah, adesso capisco perché è così traumatizzata... In effetti deve fare qualcosa, signora», ribatté Rose, fulminata dallo sguardo interrogativo della donna, che cercava di capire se la stesse prendendo in giro o meno.

«Il suo tono non mi piace, Rose. A quanto pare non frugano nella sua, di spazzatura.»

Ma di cos'ha paura? Che lavorino per l'Agenzia delle Entrate e cerchino le prove per un controllo fiscale?

«Nascondono qualcosa, non sono certo trasparenti: li osservo anch'io, quando porto a spasso Pépette...» continuò Véronique.

Cosa che non accade praticamente MAI.

«Insomma, per tornare a noi: questo pomeriggio scenderemo in piazza per la nostra causa. E indovini un po'? È prevista pioggia! È davvero tutto contro di noi. Lei che farebbe al mio posto?»

Non manifesterei, chiaro!

«Se tengo in mano l'ombrello, non potrò più reggere lo striscione. A meno che...»

«E se mettesse un K-Way?» propose Rose, pur sapendo che si stava cacciando nei guai. Davanti allo sguardo assente della Lupin junior, si corresse: «E se mettesse l'impermeabile? O un trench?»

«Non se ne parla proprio! Vuole scherzare? Va bene avere degli ideali, ma rinunciare a essere eleganti, mai! Ne abbiamo già discusso in un incontro di due ore, durante il quale Bettina ci ha costrette a mangiare i *macarons* di Pierre Hermé. Quella lì farebbe meglio a guardarsi le chiappe allo specchio, invece di far ingrassare noi! Ha un culo grosso quanto una penisola! Ho tenuto duro e sono andata in bagno due volte, ma almeno alla fine ci siamo messe d'accordo sulla pelliccia da mezza stagione, con le maniche a tre quarti. Però con la pioggia non va bene, nel modo più assoluto. Che fare, Rose? A meno che...»

«E se si facesse una messa in piega con molta lacca? Così non le si arriccerebbero i capelli e sui giornali passerebbe come una di quelle militanti dalle convinzioni talmente forti da affrontare impavide la furia degli elementi.»

«Ma chi le ha detto che ho problemi con i capelli? A me l'acqua piovana non fa paura. Si figuri, andiamo in elicottero a Dinard, nella villa di Richard, ad allenarci a golf per due mesi all'anno. Quindi restare all'aperto con il brutto tempo è l'ultima delle mie preoccupazioni. È Samantha che si arriccia. Quella disgraziata non può neanche andare alla spa del *Ritz* senza uscire con la testa come il pelo di un barboncino, come Nicole Kidman agli esordi. Non si accorge neanche di quanto si rende ridicola! No, quello che ci servirebbe, insomma, Rose, sarebbe...»

Rose, che non sapeva se la donna stesse riflettendo a voce alta o se, al contrario, presentasse un finto problema alla volta per darle poi il colpo di grazia, provò a cambiare discorso: «Chi ci sarà stasera? Sono amici suoi?»

«Amici? Vuole prendermi in giro? Quelli che vengono stasera sono tutto tranne che miei amici. Se potessi, li eviterei volentieri. Non apparteniamo allo stesso ambiente! Sono soltanto dei volgari arricchiti, vestiti come bifolchi. E non sono certo delle cime! Ma purtroppo ho bisogno di loro. Da sola non riuscirei a fermare quel ridicolo progetto. Per cui, se ciò comporta sorbirmi Bettina, Samantha e le altre sciacquette che frequentano lo studio di Richard, anche se farebbero molto meglio a farsi impiantare due neuroni che delle protesi mammarie, va bene, lo farò e sfoggerò il mio sorriso più ipocrita», sospirò Véronique, come se avesse compiuto uno sforzo terribile.

Per usare un eufemismo, direi che Véronique non le trova molto simpatiche.

Rose si rese conto di quanto dovesse essere triste la sua vita. Sempre da sola, sempre impegnata a recitare per mostrarsi al meglio e senza nessun vero amico. Non c'era da stupirsi se la depressione e la criogenia fossero i suoi compagni più cari!

Rose non capiva bene quale dovesse essere il suo ruolo nella festicciola, per cui chiese: «E per quanto riguarda Pépette, la faccio esibire nel numero sulle zampe anteriori? E nelle capriole? Per sua informazione, ieri l'ho portata da Karine, la toelettatrice.»

«Non mi sovraccarichi il cervello con nomi inutili.

Chi sarebbe questa Karine? Una del suo ambiente? Perché dovrebbe interessarmi? Come lei sa, utilizziamo soltanto il dieci per cento delle nostre capacità cerebrali...»

Anche molto di meno, in certi casi...

«... Per cui si tenga per sé i dettagli della sua rubrica personale. Chiaro?»

Chiarissimo!

«Prepari Pépette per i numeri e cucini una charlotte alle fragole. Sarà perfetta per il deretano di Bettina. Vada pure! Ma non tollererò più di sentirla urlare durante le ore lavorative. C'era forse qualche buona ragione per perdere le staffe?»

«In effetti no», ribatté Rose recuperando il cellulare ed eclissandosi verso l'appartamento di Colette.

Solo una nipponica che cerca di imbucarsi alla tua festicciola! Chissà se è del tuo ambiente...

Bene, i problemi andavano risolti a uno a uno. La giapponese era rimandata alla settimana seguente.

Ma perché non ho più spazio sul cellulare per mandare il video? Insomma, è un'urgenza! Oh, finalmente: messaggio inviato!

46

A tavola!

NELLA storia delle rivendicazioni sociali, mai si era vista una causa tanto assurda.

Qualche ora dopo lo scambio tra Rose e Véronique, tre tizie con un'acconciatura da Catherine Deneuve discutevano saltando di palo in frasca sul divano in coccodrillo albino del salotto. Battibeccavano sulla scelta dello slogan e sul colore degli striscioni, ma erano d'accordo sulla questione di fondo: la manifestazione contro i senzatetto era indubbiamente l'avventura più esaltante della loro vita monotona, ritmata soltanto dalla lettura del supplemento economico del *Figaro*.

Rose, che pensava di aver ormai toccato il fondo con Véronique, constatò che la sua arroganza non era in edizione limitata!

Dopo aver aggrottato le sopracciglia davanti a una fetta di torta, la muta di struzzi, dalle pellicce smisurate su gambe secche come trampoli, fece il giro dell'appartamento, andando in estasi, in un freddo polare che le loro terminazioni nervose non avvertivano più, delle recenti acquisizioni della padrona di casa.

Le regine dello shopping si immobilizzarono, al settimo cielo, di fronte all'ultima scoperta artistica della Lupin junior: un'opera contemporanea intitolata *Sbornia e disinganno*, che somigliava ai postumi di una serata troppo alcolica in una residenza studentesca. Agli occhi di Rose quella crosta era tutto fuorché arte! Era evidente che con i soldi non si comprava il buon gusto.

Con il naso che colava e le gambe che formicolavano nonostante le calze pesanti, Rose osservava la scena con discrezione. Non aveva visto mai così da vicino tante pellicce, tanti gioielli e capelli laccati. Si era chiesta spesso se invidiasse le persone per cui lavorava. Come diceva un vecchio slogan pubblicitario: «Non abbiamo gli stessi valori!» In quel momento ne fu certa: era molto meglio non appartenere al loro ambiente!

Chi poteva, di quei tempi, ammazzare delle povere bestie per una semplice questione di morbidezza, quelle stesse bestie che vantavano il pelo setoso di Pépette?

Chi poteva sborsare migliaia di euro per un'opera d'arte che somigliava a una discarica?

Chi poteva sinceramente provare disgusto per dei senzatetto che cercavano nella spazzatura gli avanzi del cibo che quelle contessine gettavano via per paura di ingrassare?

Rose si era domandata come avrebbero reagito Baptiste o Pierre se avessero saputo che genere di lavoro faceva. Che cos'era stato di tutte le sue ambizioni, dei suoi sogni di diventare infermiera? Non c'erano dubbi: il lavoro di Pierre, un medico che girava il mondo, doveva essere ben più appassionante delle sue sedute di toelettatura con Pépette.

Nonostante amasse il buon cibo, Rose sarebbe diventata immediatamente vegana, se ciò fosse servito a far scomparire la stupidità umana dalla faccia della

Terra. Ma, a quanto pareva, l'idiozia era più contagiosa della solidarietà.

Dall'alto dell'edificio, Rose guardò partire il corteo. Non sapeva come sarebbe andata a finire, ma non desiderava altro che dimenticarsi di tutte quelle «figlie di» e «mogli di» piene di soldi. A Rose dispiaceva che la Lupin junior non avesse il pollice verde. Avrebbe volentieri fatto cadere, inavvertitamente, un vaso di fiori su una di quelle galline di lusso che si sgolavano. O almeno una bella manciata di terra.

Nella folla non era facile individuare Véronique Lupin. Tutte le sue amiche o, meglio, le sue conoscenti, si erano messe la «divisa» di rigore: pelliccia, chiome bionde con messa in piega, filo di perle e chihuahua sottobraccio. Bardate dei loro orpelli più dispendiosi, si erano riunite per sfilare in massa, ma il corteo sembrava più una parodia che una vera manifestazione.

Le loro rivendicazioni facevano venire i brividi. I curiosi per strada erano esterrefatti. La maggior parte pensava a uno scherzo o a una candid camera. Non riuscivano a capire come centinaia di ricchi potessero aggirarsi per strada.

La cosa più inquietante era la naturalezza con cui ogni manifestante rispondeva alle domande dei giornalisti, senza esitazioni, sotto gli occhi sgranati dei passanti, presentando ragioni economiche che riteneva irrefutabili: «Se il sindaco non accoglierà le nostre richieste, ci saranno delle ripercussioni. E distruggeremo quello che verrà costruito!»

Rose si vergognava, le sembrava di collaborare. Con il suo silenzio e la sua passività si rendeva senza dubbio complice di quella causa abietta. Anche lei aveva avuto l'opportunità di ottenere una casa popolare, quando si era trasferita da sola con il figlio a Noisy-le-Grand. Senza quei complessi di proprietà dello Stato, non avrebbe mai potuto dare a Baptiste la possibilità di farcela. Per quei senzatetto la situazione era ancora più critica, e sentir parlare di violenza per distruggere le nuove abitazioni, di cui intere famiglie avevano bisogno, la esasperava profondamente.

Davanti a quell'orda di signore ricche sfondate che, partita da Batignolles, si spostò poi simbolicamente da Place Vendôme a Rue de la Paix, le tornarono in mente le attiviste per i diritti degli animali che protestavano nella capitale durante le sfilate autunno-inverno e cospargevano di vernice rossa le pellicce lussuose, per rappresentare il sangue degli animali sacrificati in nome dell'alta moda.

Quando Rose udì le minacce rivolte al sindaco della circoscrizione e al suo progetto controverso, il sangue le andò alla testa. Chiuse di colpo la porta del balcone. Non voleva sentire una parola di più. E quella sera stessa quelle ignoranti sarebbero state a cena da Véronique. Rose non aveva avuto il tempo di pensare alla vernice rossa, e nemmeno ai pomodori, ma avrebbe trovato un'idea per far vedere rosso alla Lupin junior!

47

Come un grande chef

ALLA fine della manifestazione, si radunarono tutti a casa della Lupin junior. Con un calice in mano, gli invitati aspettavano Véronique, che si faceva desiderare da più di un'ora. Conosceva bene il ritardo della gente comune, il famoso «quarto d'ora di cortesia» che veniva concesso ai padroni di casa.

Véronique, però, aveva deciso di inventare «i quarti d'ora di piccolezza»: più tardava la sua apparizione, più creava un'attesa, una distanza tra sé e gli invitati. Più loro ne risultavano rimpiccioliti, più lei cresceva di statura. In fondo, non si era mai vista una star arrivare in orario a un concerto, e poi lei non era mica tirchia: li faceva attendere con tanto di champagne millesimato…

Era tutto pronto da ore, ma il tempismo era fondamentale. Véronique, come a una sfilata, aspettava il momento migliore per entrare in scena. Aveva dato un nuovo look all'appartamento immacolato con un lungo tappeto indiano rosso che avrebbe accompagnato il suo ingresso. Era la serata della sua vita, quella in cui avrebbe dovuto brillare davanti agli ospiti, mostrandosi al meglio. Ogni particolare dell'arredamento era perfetto. Tutto era stato minuziosamente pensato…

E Pépette era magnifica, con il pelo bianco, setoso e lucente. Persino a Rose era venuta voglia di coccolarla. Il pomeriggio era stato dedicato alle capriole e ai salti, premiati con biscotti secchi per cani, che Rose era fiera di aver introdotto nella dieta, prima penosa, della bestiola. Non c'erano motivi per cui quella sera non dovesse rigare dritta.

La Lupin junior era sublime, anche se Rose non l'avrebbe mai ammesso. Indossava un abito bustier, intessuto con fili d'oro, che lasciava scoperte le gambe abbronzate. I capelli, che ricadevano in onde morbide, erano raccolti su una spalla, svelando un paio di orecchini pendenti e sfavillanti di diamanti. Sembrava di essere all'anteprima mondiale di un film con Charlize Theron, o sul set di una pubblicità di un profumo.

Invece Rose indossava una divisa da cameriera, color malva, con il suo bravo grembiulino con i pizzi. Aveva dovuto piegarsi al desiderio di Véronique, che l'aveva preteso, per fare bella figura con gli invitati. Le aveva fatto notare che gli abiti che portava abitualmente non erano all'altezza dell'evento rincarando la dose, cattiva: «Che penserà la gente nel vederla conciata così? Che il centro di accoglienza per senzatetto si trova qui da me?» Rose non aveva neanche risposto. Suo figlio si sarebbe vergognato di lei. Stava vendendo l'anima al diavolo e rinnegando i suoi principi, ma per che cosa? All'inizio, aveva accettato quel lavoro per rimettere in sesto la sua vita. Ma la situazione si era trasformata in *Highway to Hell*. Doveva reagire.

Véronique stava per fare la sua apparizione, però si era resa conto che gli invitati avevano finito per dimenticarla. Chiacchieravano tra loro, si erano sparpagliati tra il balcone, il salotto e la cucina. Parlavano di tutto, tranne che di lei. Comparire proprio in quel momento avrebbe guastato completamente una preparazione tanto minuziosa. Véronique cominciava a innervosirsi, e una vena le pulsava sulla tempia. Non era l'ideale per la sua spettacolare entrata in scena. Rose le suggerì un'idea che le piacque subito: creare un evento prima dell'evento.

Rose le chiese una pausa di qualche minuto per rinfrescarsi prima di far entrare trionfalmente colei che vestiva Prada. Naturalmente Véronique rifiutò: «Le sembra questo il momento? Avanti! Si sbrighi! A furia di aspettare il mio trucco si sta sciogliendo. Un altro minuto e somiglierò a mia madre!» le rispose furiosa.

E così da dog-sitter era passata a tuttofare!

Allora, per l'ennesima volta, obbedì. Entrò nel salotto nei suoi panni da Cenerentola di mezzanotte e un quarto e mise su della musica. Véronique le aveva espressamente chiesto il suo disco preferito, i *Grandi classici*, alla terza traccia: *Il lago dei cigni* di Čajkovskij. Poi invitò gli ospiti a riunirsi intorno all'opera d'arte contemporanea *Sbornia e disinganno*, ormai affiancata da qualche bicchiere vuoto. Rose lasciò che il primo balletto terminasse, poi attaccò con la marcia trionfale dell'*Aida* di Verdi. D'un tratto apparve Véronique, all'inizio del red carpet, tra gli applausi stupiti degli ospiti. Finse di arrossire per l'imbarazzo e, incedendo come una principessa con Pépette sottobraccio, raggiunse i suoi accoliti, che avevano condiviso con lei la folle giornata di protesta.

Senza salutare nessuno con un bacio, sicuramente per non sciuparsi il maquillage perfetto, si rivolse ai suoi invitati: «Miei cari amici, compagni di battaglie, oggi è stata una grande giornata. Quella della nostra vittoria! Abbiamo fatto sentire la nostra voce e siamo stati compresi. Abbiamo fatto capire che, se le nostre richieste non saranno soddisfatte, daremo letteralmente fuoco alle polveri. Ragione per la quale posso annunciarvi che il sindaco di Parigi, non avendo altra scelta, ha proposto di riceverci: nei prossimi giorni sarà organizzata una tavola rotonda al municipio».

Tutta la combriccola applaudì a quella notizia, e a Rose venne la nausea. Si chiese dove Véronique avesse trovato l'ispirazione per un simile discorso. Di certo non nell'educazione ricevuta da Colette, lei poteva testimoniarlo... oppure c'era qualcosa, nella natura umana, che le sfuggiva totalmente.

«In alto i calici! Alla vittoria!»

«Alla vittoria!» ripeterono in coro i compagni di lotta.

Véronique si girò verso la sua dog-sitter: «Blanche, si dia una mossa! Vede bene che i nostri bicchieri sono mezzi vuoti».

Rose tornò in cucina con la bottiglia di champagne finita, che aveva terminato d'un fiato, e il volpino famelico che la tallonava.

Come fai a reggerla?

Pépette emise un gemito e Rose pensò che quella cagnetta capisse più cose di quanto sembrasse.

Rose fuggì, diretta all'appartamento di Colette. Quando incrociò l'anziana signora, non ebbe l'energia di dirle niente e si chiuse in bagno. Aveva bisogno di fare il punto della situazione, per trovare la forza interiore per andare avanti.

Si guardò allo specchio. L'immagine che vide – quella di una cameriera con grembiulino e piumino per spolverare – non era delle più gratificanti. Volendo fare un bilancio, doveva ammettere che, da qualche mese, la sua vita stava andando davvero male, anche se già prima non era esattamente una meraviglia... All'alba dei trentasette anni era sulla buona strada per diventare una vecchia zitella.

Si era sempre mostrata educata, ragionevole, responsabile – Colette avrebbe detto «trasparente» –, e si era impantanata, da giovane madre, in una vita mediocre, in cui tutti la scavalcavano, senza considerarla. Dimenticata da tutti, ai margini.

Le erano rimasti soltanto il suo sconforto e il suo nuovo impiego. Véronique Lupin, ricca e sprezzante com'era, si permetteva, ogni volta che si rivolgeva a lei, di trattarla come uno zerbino. Quella sera poi, era la ciliegina sulla torta! Quella donna aveva passato ogni limite.

Si è autoproclamata regina e mi prende per la sua buffona di corte!

Come una pentola a pressione che si riscalda a fuoco lento, Rose, che in tutta la sua vita non aveva mai detto quello che pensava e si era tenuta tutto dentro, era lì lì per cedere. Avrebbe sbattuto la porta, ma a testa alta!

Troppo, è davvero troppo! È finalmente venuto il momento di mettere in pratica i miei buoni propositi: farmi valere!

48

I tuoi porci comodi

ROSE uscì dal bagno e si imbatté in Colette, che stava guarnendo la charlotte di fragole che aveva preparato per la festicciola di Véronique. La Lupin senior non voleva assolutamente avere a che fare con quella ridicola serata, ma si era offerta di dare una mano a Rose.

La divisa da cameriera, gli occhi lucidi e il tremito incontrollabile di rabbia che scuoteva Rose furono sufficienti a far capire a Colette che il momento tanto atteso era arrivato. Era il D-Day: Rose era finalmente in grado di mandare tutti a quel paese. E ciò significava che era pronta a mettere fine alla relazione con la sua matta preferita.

Colette e Rose si sorrisero in silenzio, poi si abbracciarono con tutte le loro forze. Non c'era bisogno di commentare a parole ciò che Rose stava per fare, e nemmeno le conseguenze di quella ribellione. Nonostante tutto, Colette la sosteneva. Il suo ruolo di dispensatrice ufficiale di «belle mosse» finiva lì. Rose riprendeva in mano il suo destino con un'idea diabolica. Avrebbe fatto passare un brutto quarto d'ora a Véronique e ai suoi amici, e sapeva che non avrebbe più potuto fare marcia indietro. Che avrebbe tagliato tutti i ponti.

Con Pépette ancora alle calcagna, scese le scale, armata dell'enorme torta. La bestiola, di solito tanto golosa, non implorò di averne un pezzetto. Il lassativo che Rose aveva appena aggiunto aveva disgustato completamente la palla di pelo, che preferiva concentrarsi sui numeri da circo che avrebbero lasciato un ricordo indelebile a tutti gli ospiti.

49

L'inferno sono gli altri

A PASSI furtivi Rose tornò alla festa di Véronique. Aveva una sola possibilità di mettere a segno la sua terribile mossa. Sistemò la charlotte di fragole sul piatto più sfavillante che trovò e ci versò sopra una crema vellutata al mascarpone: il dolce aveva un'aria decisamente appetitosa. Faticò a non leccarlo con un dito.

Seguita dalla cagnetta, uscì dalla cucina con la torta, la appoggiò al centro della tavola, in salotto, e percorse in lungo e in largo la stanza alla ricerca di Véronique, facendo lo slalom tra invitati divertiti che la guardavano in modo strano, quando si sentì afferrare per un braccio e trascinare nella dispensa.

Gli occhi furibondi della Lupin junior le diedero un inizio di spiegazione. Puzzava d'alcol e urlava più del necessario: «Ma che cosa sta facendo? Crede di essere alla sua festa di compleanno? Di poter girellare con quell'aria di sufficienza tra ospiti di classe? Crede di farsi degli amici stasera, e magari persino di trovare un marito ricco per uscire dalla sua miserabile condizione?»

Mille volte meglio buttarmi sotto un treno e morire schiacciata sui binari, che sposare uno di loro!

«Ha deciso di ribellarsi e di fare di testa sua? Cos'è, la sa più lunga di tutti? No, lei non sa un bel niente! Glielo dico io, basta guardarla per capirlo. Me ne sono accorta sin dalla prima volta che l'ho vista nell'androne, con i suoi sacchi della spazzatura.»

Che memoria! Non ricorda le persone né i nomi, ma per tutto ciò che riguarda la spazzatura Véronique è imbattibile! Forse, in una vita precedente, ha fatto la netturbina...

Se avesse avuto un ultimo ripensamento, Véronique l'avrebbe cancellato: come faceva quella donna a mostrare tanta violenza, nei gesti e nelle parole, nei suoi confronti? Rose non le aveva fatto niente, e niente giustificava quel comportamento.

Rose strinse i denti un'ultima volta e avviò il suo piano: «Signora, la stavo cercando. Ci tenevo a informarla che Pépette è pronta per il suo numero. Mi dica, preferisce iniziare subito o vuole che metta la musica più tardi?»

Attenzione, domanda a scelta multipla! Bug nel cervello tra cinque, quattro, tre, due...

«Ehm... No, no, metta subito la musica, ma mi raccomando, non si impicci. È il mio momento con Pépette e non voglio che lei mi rovini tutto! Sono io che le ho insegnato i numeri, è chiaro?»

«Chiarissimo, signora!»

L'ennesima bugia. Chi pensa possa credere a tutte queste balle?

«Non la trattengo ulteriormente. Metta la musica. E, quando sarà terminato il numero, passeremo al dolce. Mi auguro che sia riuscito come quello che mi ha fatto assaggiare l'altro giorno. Altrimenti può scordarsi di lavorare ancora qui.»

«Le assicuro, signora, che è addirittura meglio. Sarà lei stessa a dirmelo.»

Ed ecco il colpo di grazia!

50

Una cosa del genere può uccidere!

Rose si aprì un varco tra gli invitati. Tolse il CD di musica classica e fece partire con il Bluetooth la musica che aveva scaricato sul cellulare per il numero canino.

In testa aveva un conto alla rovescia, come a Capodanno. Alle prime note della musica da circo, come uno dei cani di Pavlov, Pépette si drizzò sulle zampe posteriori. Subito tutti gli ospiti si fecero da parte e Véronique si mise al centro, accanto alla cagnetta, per prendersi tutto il merito del dressage.

«Vedete come mi obbedisce. E adesso, Pépette, seduta!»

La cagnetta si accucciò. La testa inclinata, aspettava il biscotto premio. Véronique le lanciò uno sguardo al botulino e il volpino capì che, contrariamente agli esercizi con Rose, non avrebbe ottenuto nessuna leccornia fino alla fine dello spettacolo. Per cui, per ripicca, si sdraiò, in attesa delle istruzioni successive.

«Pépette, rotola!»

La cagnetta restò ad aspettare l'inizio della musica giusta – se Véronique l'avesse chiesto, avrebbe saputo che la bestiola era capace di ben altre performance –, quando, d'un tratto, la musica trascinante si fermò e si udì un rumore di fondo. Sembrava una conversazione un po' disturbata tra due persone. Si riconoscevano due voci femminili, ma deformate, come se il registratore fosse stato schiacciato da un cuscino.

Véronique era furiosa che il numero da circo fosse stato interrotto da un incidente tecnico. Cercò con lo sguardo la sua dog-sitter, che però era introvabile.

All'improvviso il suono si fece più nitido e la voce acuta di Véronique risuonò in tutto il salotto. Gli invitati si scambiarono delle occhiate, divertiti all'idea di ascoltare una conversazione privata che, era chiaro, non avrebbe dovuto essere divulgata: nei loro occhi si leggeva la curiosità.

Le chiacchiere si erano fermate e tutti tendevano le orecchie per seguire quel botta e risposta tra Véronique e un'altra voce che faticavano a identificare.

La voce era quella di Rose: «Chi ci sarà stasera? Sono amici suoi?»

«Amici? Vuole prendermi in giro? Quelli che vengono stasera sono tutto tranne che miei amici. Se potessi, li eviterei volentieri. Non apparteniamo allo stesso ambiente! Sono soltanto dei volgari arricchiti, vestiti come bifolchi. E non sono certo delle cime! Ma purtroppo ho bisogno di loro.»

Véronique si fece piccola piccola sotto lo sguardo degli invitati. Dopo qualche secondo si riprese e si avventò sullo stereo, ma non c'erano CD da togliere. Allora urlò come una furia per coprire quelle voci, che però si sentivano benissimo. Tentò di sorridere per sdrammatizzare.

«... Da sola non riuscirei a fermare quel ridicolo progetto. Per cui, se ciò comporta sorbirmi Bettina, Samantha e le altre sciacquette che frequentano lo studio di Richard, anche se farebbero molto meglio a farsi impiantare due neuroni che delle protesi mammarie, va bene, lo farò e sfoggerò il mio sorriso più ipocrita.»

Véronique strappò la spina dello stereo dalla presa e finalmente la conversazione terminò. Eccola di nuovo al centro dell'attenzione, circondata dagli ospiti, i cui sorrisi si erano tramutati in sguardi scioccati, quasi assassini.

«Non è come pensate. È una messa in scena preparata. Quella non è la mia voce», provò a dire, ma aveva capito di essere caduta in una trappola.

A uno a uno gli invitati lasciarono il salotto e poi l'appartamento, in silenzio, lanciando alla padrona di casa sguardi di disprezzo. Véronique era in preda al panico, li implorava di restare, ma quelli la ignoravano.

Quando restò sola con Pépette, Rose ricomparve e le si piazzò davanti.

«Eccola qui, adesso la strangolo! Io le ho dato tutto: un lavoro, un tetto, un po' di buone maniere, ed è così che mi ringrazia? Lei è licenziata!»

Rose sorrideva, esasperando ancora di più Véronique, che si avvicinò con un'aria estremamente minacciosa. Se sul tavolo ci fosse stato un coltello, c'era da scommettere che glielo avrebbe lanciato addosso.

Véronique si avvicinava sempre di più alla dog-sitter. Non aveva intenzione di fargliela passare liscia.

A quel punto Pépette si intromise tra le due donne e cominciò a ringhiare. La palla di pelo mostrava i denti, dato che non tollerava vedere le sue due padrone affrontarsi a quel modo.

«Pépette, vieni qui!» ordinò Véronique. «Lascia questa disgraziata alla sua vita mediocre.»

«Non è lei che mi licenzia, signora, sono io che me

ne vado», affermò Rose, che aveva già sentito una frase del genere in qualche film. «Preferirei mille volte frugare in ogni pattumiera di Parigi con quei poveretti che crepano di fame, piuttosto che restare un secondo di più accanto a lei: mi fate schifo, lei e il suo egocentrismo!»

Rose girò sui tacchi e aprì la porta. Non aveva ancora la risposta pronta, però non si poteva rimproverarle di non aver detto ciò che pensava. Pépette, immobile tra le due donne dall'inizio dello scontro, invertì a sua volta la marcia e seguì Rose trotterellando giù per le scale.

Allora Véronique urlò: «Pépette, torna qui subito, altrimenti...»

Rose non udì la fine della frase, ma in ogni caso non le interessava. Lei, che era allergica ai cani, se ne andava da quel bell'edificio haussmanniano con le sue cose e un volpino allegro.

Colette aveva ragione: si sentiva finalmente libera!

Quattro piani più in alto, Véronique, seduta per terra, sola in mezzo all'appartamento glaciale, divorava con le mani la charlotte alle fragole più buona della sua vita. Rose non le aveva mentito: era veramente deliziosa, e Véronique non avrebbe mai più dimenticato quanto...

51

Se non è zuppa è pan bagnato

IL giorno dopo, Rose provò una gran nostalgia. Aveva voglia di rivedere la sua amica, ma aveva il divieto di mettere piede in quella casa. Dunque ad avere l'ultima parola era stata ancora una volta Véronique: Rose non poteva più occuparsi di Colette. Non avrebbero più condiviso le loro ricette a pranzo, chiacchierato nel loro giardino segreto né invitato surfiste internazionali, dato che non avevano più divani in comune. Aveva perso un'amica, e anche Pépette aveva un'aria smarrita.

Rose era tornata di notte per imballare le sue cose. Non aveva voluto svegliare Colette che, una volta tanto, dormiva un sonno profondo.

Era assurdo come la sua vita si riducesse a così poco, a qualche sacchetto con le sciocchezze che le riscaldavano il cuore. Come le schede delle ricette preparate insieme a Colette e corrette dall'anziana signora, che si mostrava sempre intransigente sul peso degli ingredienti, soprattutto in pasticceria. Con tutte le volte che le aveva fatto rifare la charlotte alle fragole, ormai Rose conosceva i passaggi a memoria. Senza contare la sorpresa da grande chef!

Stava per chiudersi la porta alle spalle, quando le

venne una folgorazione. Rientrò nell'appartamento e prese il regalo che aveva scordato nel cassetto della sua camera. Un pupazzetto per il nipotino in arrivo. Non aveva dimenticato di prendere il suo Coniglietto, ma quello era decisamente più importante. Le ricordava l'affetto per la sua famiglia, e le restava una missione importante da compiere.

Nonostante l'ora tarda, Georges, l'affascinante autista della signora Lupin, si era offerto di aiutarla a trasportare i suoi pacchi, come il primo giorno, quello in cui tutta quella storia assurda era iniziata... Questa volta Rose non esitò nel fornirgli l'indirizzo a cui era diretta.

L'indirizzo di Lili.

Ovviamente.

52

La vendetta è un piatto che va servito freddo

COLETTE si era attivata all'alba. L'anziana signora detestava che la figlia ricevesse ospiti del bel mondo. «Sono spesso i più sporchi», era solita dire. Era quindi impegnata a disinfettare tutto – in casa sua, ma anche in quella della figlia, da cui proveniva un odore sgradevole –, e si affrettava a buttare via tutti i sacchi della pattumiera che Véronique aveva lasciato in giro.

Quanto a Véronique, aveva dormito male ed era ancora in preda ai crampi addominali. Sperava che il fiasco della sera prima fosse stato solo un brutto sogno. Sfortunatamente neanche le lenzuola di seta allontanavano gli incubi.

La priorità per lei non era più impedire la costruzione del centro di accoglienza per i senzatetto, bensì riscattare la sua immagine. E la cosa avrebbe di certo richiesto un sacco di tempo, perché la scena, filmata da alcuni invitati, era finita sui social. Véronique Lupin avrebbe ricominciato dall'inizio e telefonato al suo psichiatra, che le avrebbe prescritto dei calmanti, in attesa che la bufera passasse. Nemmeno Richard si faceva più vivo.

* * *

Rose compose il numero della sua amica, rimasta a tu per tu con la regina del Botox. Dopo quattro squilli, finalmente rispose: «Pronto, Colette! Allora, la charlotte alle fragole ha fatto danni a sua figlia?»

«Un grande successo, soprattutto a livello di scarichi!»

«Tanto meglio. E lei sta bene?»

«Più o meno. Solo un dettaglio: a sentire Véronique, pare che io abbia inavvertitamente buttato nella spazzatura una delle sue ultime acquisizioni, *Sbornia e disinganno*, se sa di cosa parlo. Insomma, chi se ne importa. Mi sfinisce con le sue accuse continue! Mi sa che stasera saremo in due a dormire fuori! Bene, la devo lasciare, Rose, ho un crumble nel forno!»

L'ennesimo attacco di Véronique alla madre lasciò a Rose l'amaro in bocca.

53
Una pessima accoglienza

ROSE voltava pagina. Lasciava il quartiere e temeva di non rivedere più tutti quelli che facevano ormai parte del suo mondo. Addio agli amici di Batignolles e alle discussioni appassionate al caffè di Edgar. Addio a Pépette e alle sue stranezze. Addio a Colette e alle sue trovate sempre stravaganti.

Stava iniziando a disfare i bagagli in casa di Lili, quando ebbe, di nuovo, una sorta di presentimento, anzi, una vera intuizione, che decise di ascoltare.

Telefonò a Colette, che non rispose. Le probabilità che fosse da sola erano altissime. E l'ultimo scontro con la figlia doveva averla scossa. Se avesse fatto una brutta caduta, chi sarebbe andato ad aiutarla?

Rose doveva assolutamente accertarsi che la sua amica stesse bene.

Davanti allo zerbino dell'appartamento dell'anziana signora, Rose si accorse che le frecce erano state girate nel senso giusto e invitavano a entrare. Rose non aveva avuto il tempo di occuparsene: Colette aveva deciso di accogliere a braccia aperte le prime couchsurfiste e sembrava quindi disposta ad accettare nella sua vita degli invitati a sorpresa. Rose si commosse nel constatare i progressi della vecchia signora.

Bussò a più riprese, ma nessuno venne ad aprire. Prese le chiavi di riserva sul pianerottolo, però da Colette non trovò nessuno. Salì nell'appartamentino che era stato il suo: ancora niente. Idem nel giardino segreto.

Rose richiamò Colette. Dopo un paio di squilli, una voce maschile la informò di un nuovo dramma: Colette era su un'ambulanza. Era caduta.

54

L'ultima volta

L'ANZIANA signora aveva ripreso conoscenza. Il bell'infermiere dalla voce roca era rassicurante. Colette avrebbe dovuto essere nel panico nel sapersi fuori casa, ma in quell'ambulanza dai grandi finestrini non aveva paura.

Il litigio furibondo tra madre e figlia era ripreso in cucina, e Colette all'improvviso si era sentita mancare. Véronique, accecata dalla rabbia e convinta che fosse un modo per sottrarsi alla discussione, se n'era andata, lasciandola sola con le sue sceneggiate.

A quel punto, sua madre aveva fatto una bella caduta senza pubblico. Per fortuna aveva il cellulare a portata di mano ed era riuscita a chiamare l'ambulanza.

Distesa sulla lettiga, afferrò il braccio del barelliere vicino a lei e gli chiese un favore un po' particolare. Lui si stupì ma, non vedendo alcuna controindicazione medica, sollevò lo schienale di Colette, che prese ad ammirare il paesaggio parigino che sfilava davanti ai suoi occhi.

Se lo sentiva: gli esami che si apprestava a fare non avrebbero dato esiti migliori dei precedenti. Era più debole, e la figlia avrebbe colto al volo l'occasione per decretare che, per il suo bene, doveva trasferirsi in una struttura apposita. D'altronde era già sulla buona strada...

«Giovanotto, immagino che non sia possibile prendercela comoda, vero? Sono anni che non vedo queste vie che mi erano tanto care e, prima di raggiungere la mia ultima dimora, vorrei tanto godermi lo spettacolo...»

Per l'ultima volta?, pensò.

La faccia contro il vetro, Colette contemplava la bellezza di Parigi, i parchi della sua infanzia, i musei che aveva frequentato da studentessa, i monumenti che tanto le era piaciuto visitare con la figlia da piccola. Prima che i loro rapporti si guastassero irreparabilmente.

Era strano ma, a bordo di quel veicolo che attraversava la città a tutta velocità e a sirene spiegate, Colette si sentiva in pace.

55

Con il cuore in mano

ROSE aveva telefonato all'ospedale in cui era stata ricoverata Colette. Fu sollevata di sapere che stava meglio e che avrebbe potuto farle visita nel tardo pomeriggio, una volta terminata una serie di accertamenti. La persona che le rispose al centralino le chiese: «È sua figlia?» e lei, mentendo, disse di sì.

Da qualche mese la vita di Rose aveva preso un ritmo strampalato, ma per lei, ora lo capiva, l'amore veniva prima di tutto. Solo qualche settimana prima non avrebbe mai immaginato cos'era disposta a fare per suo figlio. Come Baptiste le ripeteva sempre da bambino, loro due si volevano un bene «più grande del cielo».

Si era chiesta spesso come il rapporto d'amore tra una madre e un figlio potesse interrompersi del tutto. Aveva sempre pensato che le cose con Baptiste si sarebbero aggiustate perché, nel suo intimo, sapeva che niente poteva frapporsi tra lei e la carne della sua carne. Né un uomo, né una bella rossa.

La sua mente tornò a Colette. Continuava a non capire come una madre e una figlia potessero arrivare al punto di perdersi, di ignorarsi. Non si capacitava del disprezzo che Véronique mostrava verso la fragilità della madre, il suo comportamento era al limite dell'omissione di soccorso, come aveva osservato giustamente Lili. Per scrupolo si era sentita in dovere di avvertire Véronique Lupin che, dopo un lungo silenzio, aveva finito per rispondere: «È un osso duro, la conosco, si rimetterà presto...»

Qualunque fosse il rapporto tra le due donne, di fronte alle avversità e alla malattia avrebbero dovuto dimenticare tutto, lasciare da parte il rancore, l'amarezza. Rose capì all'istante che tutto ciò le sarebbe servito da lezione per il resto dei suoi giorni. Ricordò le parole del padre, che le ripeteva sempre: «Quando la vita offre una nuova possibilità, devi coglierla al volo...» Prese il telefono: le restava una missione importante da portare a termine, l'aveva rinviata troppo a lungo.

Senza aspettare un minuto di più, chiamò il suo primo amore. Pierre rispose subito.

56

Un cuore grande

A colazione Rose incontrò i negozianti di Batignolles. Ci teneva a salutare quegli amici e a ringraziarli per il loro sostegno. Li aveva informati del ricovero di Colette e tutti, di slancio, avevano proposto di accompagnarla a farle visita, cosa che l'aveva molto commossa.

La compagnia seduta a tavola con Rose ascoltava, sbalordita, le peripezie surreali che la giovane amica aveva vissuto: la registrazione di Véronique finita sui social, la charlotte di fragole divorata per intero e l'opera d'arte gettata nella spazzatura da Colette, prima che fosse portata in ospedale.

Rose ormai era senza lavoro e senza casa. Era una senzatetto, come quelli contro cui si era accanita Véronique. La solidarietà del quartiere però era impeccabile: tutti le avevano proposto un luogo dove passare la notte, ma Rose aveva gentilmente declinato ogni offerta, dato che aveva deciso di trasferirsi da sua sorella.

Di lì a un'ora in quello stesso caffè avrebbe rivisto Pierre, ma in quel momento Morgane fece un annuncio.

«Approfitto del fatto che siamo qui tutti insieme, forse per l'ultima volta, per annunciarvi…»

«Rullo di tamburi!» esclamò in tono drammatico Laurent.

«... Che l'ultima fecondazione in vitro non ha funzionato, però... la mia pratica è finalmente andata a buon fine e sono la felice mamma di un bambino di cinque anni. Viene dalla Repubblica democratica del Congo e si chiama César.» Al settimo cielo, mostrò il cellulare: «Guardate quant'è carino, sempre sorridente, benché non abbia avuto una vita facile. Dovremo rivedere le nostre abitudini per dedicargli più tempo possibile. Mio marito forse si licenzierà per occuparsi di lui, mentre io terrò il negozio di abbigliamento. Dovremo organizzarci, ma finalmente l'avventura comincia!»

Tutti si congratularono.

«Un altro che si licenzia», commentò Rose, persa nei suoi pensieri.

«Ti riferisci a te stessa?» chiese Laurent, stupito.

«No, a mia sorella. Anche lei cambia vita.»

«Hai una sorella?» chiese meravigliato Edgar, benché fosse il suo confidente.

«Sì, più grande. Ma torniamo alla magnifica notizia di Morgane. Sono molto felice per te!»

Morgane stava ancora mostrando le foto sul suo cellulare, quando d'un tratto Edgar mormorò: «Rose, credo che tu abbia visite. Ti lasciamo sola».

«Di già? Ci rivediamo qui più tardi per andare a trovare Colette?»

Non appena terminò la frase, incrociò lo sguardo di un uomo molto alto, sulla quarantina, che in effetti stava aspettando da qualche minuto. Rose ebbe la sensazione che il suo cuore si arrestasse di colpo. Lo riconobbe immediatamente, ma pensò che lui invece non l'avesse riconosciuta, dato che si rivolse al gruppo, fissando Morgane: «Mi scuso se ho ascoltato la vostra conversazione, ma le faccio le mie congratulazioni, signora. Sono stato spesso in Congo, conosco bene la situazione sul campo: quei bambini hanno bisogno di tutto l'amore del mondo».

Poi Pierre si girò verso Rose, e il tempo si fermò. Lei si sentì bruscamente proiettata indietro di vent'anni. Certo, era invecchiato, ma non aveva perduto un briciolo del suo fascino. Era ancora un bell'uomo e non era cambiato molto: aveva le guance un po' più scavate, eppure gli anni sembravano essergli scivolati addosso. Pierre incrociò lo sguardo di Rose e le sorrise, emozionato. Tutto era ancora così familiare per lei: la sua voce, le sue espressioni, i suoi gesti. Era rimasto l'uomo che faceva le cose giuste, con calma, e diceva sempre la cosa giusta.

Di certo non ha niente di Dart Fener! Ricorda più Ian Solo.

Pierre le diede un caloroso bacio sulla guancia e si mostrò affabile, un comportamento che stupì Rose. Da quando aveva saputo che l'incontro con Baptiste non era andato come previsto, si era aspettata una reazione molto più fredda da parte sua. Ma sapeva bene che bisognava diffidare delle acque chete. Per cui restò seduta, guardò gli amici che si allontanavano e infine sorrise gentilmente a Pierre.

Si asciugò i palmi sudati sui pantaloni. Era in preda ai brividi, che peggioravano di secondo in secondo.

Pierre e Rose erano stati perdutamente innamorati e si erano lasciati a malincuore. La sorte li aveva separati all'incirca vent'anni prima e, con l'ironia di cui poteva essere capace, ora li riuniva in circostanze piuttosto singolari.

Erano seduti l'uno di fronte all'altra. Edgar portò due cocktail alla frutta. Per qualche secondo tacquero entrambi, continuando a guardarsi negli occhi.

«Non sei cambiato», gli disse lei.

«Neanche tu. Sei bella come una volta!»

Rose, imbarazzata, cambiò discorso: «Dunque, ci siamo, è il momento di dirsi tutto!»

«So già molte cose, ho visto Baptiste… mio figlio. Anzi, nostro figlio, scusa. Ancora non me ne capacito. Non so che dire. La notizia mi ha completamente stravolto.»

«Sì, immagino, non so nemmeno io da dove cominciare… Mi dispiace, credimi. Avrei voluto che le cose andassero in un modo diverso…»

«È un ragazzo eccezionale!» la interruppe Pierre.

«Sì, è straordinario. Sono veramente fiera di lui.» Prima ancora di terminare la frase, aveva gli occhi umidi.

«Sai, Rose, ci ho riflettuto molto, e chiaramente non si può cambiare quello che ormai è successo… Non si può tornare indietro, per cui non serve a niente farsi prendere dai rimpianti… Vorrei solo che apprezzassimo il momento presente, che capissimo che la vita ci offre una nuova possibilità. Dovremmo esserne riconoscenti. Bisogna essere positivi. È quantomeno originale scoprirsi padre e futuro nonno nello stesso giorno!»

Rose scoppiò a ridere e si disse che Pierre non aveva rinnegato il suo lato filosofico. Era sempre riuscito a calmare le sue angosce, perché aveva il dono di relativizzare ogni cosa. «Quindi ti ha raccontato tutto?»

«Più o meno.»

«Però c'è una cosa che non capisco. Credevo che tu non lo volessi più vedere, che aveste litigato… Mi era parso di capire che il vostro incontro fosse andato male...»

«Litigato? L'ho rivisto ieri e abbiamo deciso di cenare insieme domani. Lo chiami 'litigare', questo?»

«Ma lui mi ha detto...» Rose si interruppe per riflettere un istante. Pierre pareva sicuro di quello che diceva. Invece Baptiste si era mostrato molto vago sui motivi del litigio con il padre.

Non avrà mica...

«Oh, che manipolatore! Roba da matti... Ma da chi ha preso?»

«Non da me, di certo», disse Pierre in tono divertito.

«Quindi va tutto bene tra di voi?»

«Benissimo!»

«Il che significa che mio figlio mi ha preso in giro?»

«Così parrebbe.»

«Perché l'ha fatto?»

«Secondo te? Ha agito come farebbe qualsiasi figlio. Perché i genitori si rimettano insieme.»

Rose sorrise. Sentì che stava arrossendo.

Era possibile che, per la prima volta in assoluto, ci fosse un allineamento dei pianeti... a suo favore?

57

E poi Colette…

PIÙ tardi Rose rivide i negozianti di Batignolles, con cui sarebbe andata a far visita a Colette. Edgar e gli altri avevano seguito con passione le sue avventure, soprattutto l'incontro con Pierre, e le chiesero notizie al riguardo… Tutto il gruppo faceva il tifo per lei. Ritrovare il suo primo e unico amore come se si fossero lasciati il giorno prima per Rose era stato uno choc ben più forte di quanto volesse ammettere.

Faticava a concentrarsi sulla conversazione con gli amici, continuava a pensare a Pierre. Avevano parlato di tutto e di niente, ma avevano ancora un mucchio di cose da dirsi. Però era stata rassicurata sugli aspetti essenziali: era rimasto lo stesso uomo di un tempo, era comprensivo, maturo e ancora bellissimo!

Si sarebbero incontrati di nuovo il sabato seguente, e Rose si ripromise di verificare nell'oroscopo che cosa ne pensassero realmente gli astri.

Non si perde mai del tutto il vizio…

«Rose, sei ancora con noi? Ci siamo appena messi d'accordo: tu distrai il personale sanitario, mentre noi entriamo in camera di Colette e la rapiamo.»

«Sì, sì, benissimo, perfetto!» acconsentì Rose, pensierosa.

«Meglio così, temevamo che ti imbarazzassi a scoprirti il seno, ma se ti va bene così, allora è fatta!»

«Cosa? Scusate, devo essermi persa qualcosa: scoprirmi il seno? Io? Sicuri? E che cos'è questa storia del rapimento? Non dovevamo semplicemente andare a trovare Colette? Secondo me sta meglio lì che da sua figlia, soprattutto in questo momento.»

«Era una battuta, Rose. Più tardi andremo tutti a trovare Colette, come previsto. Laurent le porterà un mazzo di garofani, naturalmente, e Isabelle dei pasticcini.»

«Sei sotto l'effetto di Cupido?» chiese scherzoso Laurent, subito redarguito con un'occhiataccia da Edgar.

«Ma è ancora scapolo?» intervenne Isabelle. «Perché un buon partito come lui, a mio avviso, non resta a lungo sul mercato. Hai controllato il suo anulare, Rose?»

«Be', no. Avrei dovuto? È vero, non so neanche se è sposato. Non ho pensato di chiederglielo. Non c'è stata occasione.»

«Vuoi scherzare!? È la prima cosa da chiedere, tesoro!» rincarò la dose Laurent. «Devi conoscere bene il terreno prima di seminare: almeno così si dice nel mio mestiere...»

«Lasciatela in pace», si intromise Edgar. «Così la fate arrossire!»

In effetti, non era una cattiva idea. Come aveva fatto a essere così stupida da dimenticarsi di chiedere a Pierre se ci fosse qualcuno nella sua vita?

Frena l'entusiasmo, si esortò, mentre bloccava la marcia nuziale che continuava a ronzarle in testa da quando aveva incontrato Pierre.

58

Come in famiglia

Quando entrò nella camera di Colette, Rose rimase scioccata. La sua amica dormiva e sembrava minuscola, di una fragilità estrema. Si sedette sul bordo del letto, al suo fianco, e le accarezzò i capelli. L'anziana signora sorrise.

«Lo sapevo che faceva finta di dormire. Ormai la conosco.»

Colette aprì un occhio e scoppiò a ridere. «Che ci fa qui?»

«Non so. Sarà che le voglio molto bene.»

«Ma sono tutta avvizzita, fiacca, non riesco più nemmeno ad alzarmi da sola.»

«Si riprenderà, Colette. È normale, le danno un sacco di medicine: lei che non prende mai neanche una pastiglia, adesso ha per forza dei giramenti di testa.»

«Quando avrò gli esiti degli esami, di sicuro verrò trasferita in una casa di riposo.»

«Che cosa? Un momento… perché? Lei è ancora autonoma, non è obbligata ad andarci! È sua figlia che l'ha deciso al posto suo, è così?»

«No, no, assolutamente no. Sono io che ho fatto domanda.»

Rose restò senza parole.

«Mi ascolti, Rose. Non sono eterna e ci ho riflettuto bene: non ho nessuna voglia di tornare a vivere accanto a mia figlia. Lì dove mi trasferiranno c'è un giardino magnifico e ogni settimana organizzano dei laboratori di pasticceria. Sarò in compagnia e in una situazione di maggiore calma. Mi sono rassegnata. È inutile che continui a stare da mia figlia, che abita in un congelatore. Purtroppo i rapporti tra noi si sono deteriorati e vorrei terminare la mia esistenza serenamente. Intanto resterò qui per qualche giorno, o per qualche settimana. Hanno un bel parco: le andrebbe di fare un giretto con me?»

«Certo, e poi ho bisogno di lei, Colette. L'argomento è delicato e può essere affrontato solo con una vera amica. Una persona fidata che non ti giudica.»

La vecchia signora sorrise e appoggiò la mano su quella della giovane donna. Più che d'amicizia, il loro era un legame quasi filiale, che non poteva interrompersi per la fine di un lavoro da dog-sitter.

Rose spinse la sedia a rotelle nel giardino dell'ospedale. Le faceva un effetto stranissimo vedere finalmente quella donna minuscola all'esterno, accanto a sé. Mancava solo Pépette. Si fermarono, Rose si sedette su una panchina e ripresero la conversazione.

«Allora, di che cosa vuole parlarmi, Rose?»

«Be', è da quando mi conosce che mi esorta a prendere in mano la mia vita...»

«Si tratta del padre di Baptiste, vero?»

«Non le si può nascondere niente.»

«Ha una faccia! Scommetto che non mangia da ventiquattr'ore... Devo preoccuparmi? Almeno un piatto surgelato nel microonde lo sa ancora mettere?»

«Non mi prenda in giro, Colette», sorrise Rose. «E poi sa benissimo che non mangio più roba surgelata.

Sì, ho rivisto Pierre e, da quel momento, non ci sto più con la testa. Mi sembra di avere il mal di mare...»

«Si chiama 'amore', mia cara! È una notizia magnifica.»

«Più o meno...»

«Perché? Che c'è che non va? Non mi dica che è arrabbiato con lei!»

«No, non credo. Mi pare piuttosto contento. E comunque non è un tipo rancoroso. No, il problema è che non so se sia impegnato. Mi ha invitato a cena e ancora non ho osato dargli una risposta.»

«Quando sarebbe la cena?»

«Dopodomani, sabato.»

«Ma è incredibile! Perché non me l'ha detto prima?»

«Non so come reagire. Ho davvero paura...»

«Che cos'ha da perdere?»

«Non ho voglia di innamorarmi e di soffrire di nuovo. Non so che fare.»

«Accidenti alla sua mania di farmi domande di cui conosce già la risposta! Me ne parla soltanto perché ha bisogno che io le dia una bella mossa! Lei sa benissimo che deve fare. Tiri fuori quel dannato telefono dalla tasca e lo chiami subito, prima che la investa con la sedia a rotelle!»

Rose prese la mano di Colette e le diede un tenero bacio.

«Lei è la mia fatina buona! Su, entriamo, da un minuto all'altro arriveranno altri visitatori...»

«Ah, davvero? E chi?»

Le due donne si diressero verso l'entrata di servizio, a pochi metri di distanza, e a Colette, vedendo gli amici di Batignolles e un mazzo di garofani, vennero subito le lacrime agli occhi. Commossa, pensò al detto: «La famiglia non si sceglie, ma gli amici sì».

59

A ogni pentola il suo coperchio

In cuor suo Rose sperava ardentemente che Pierre non rispondesse, invece lo fece al secondo squillo. Aveva la voce calma, mentre lei fremeva e non sapeva da che parte cominciare: mica poteva chiedergli, come nel cortile di scuola: «Hai la fidanzata?»

«Buongiorno, Pierre, scusa se ti disturbo, ma avrei bisogno di vederti quanto prima. Ho due o tre punti da discutere con te.»

«Anch'io devo dirti delle cose. Conosco un piccolo ristorante giapponese dove si mangia bene e si sta tranquilli. Prenoto per stasera e ti invio un messaggio con l'indirizzo, che ne dici?»

«Sì, perfetto. A dopo, Pierre.»

Cavolo... Che cos'avrà da dirmi di così importante? Cosa diavolo mi ha preso di chiamarlo!?

Alle nove Rose rivide Pierre, seduto a un tavolo, con un piccolo mazzo di fiori accanto. Per un secondo sperò follemente che fosse per lei e non per un parente malato o, peggio ancora, per un appuntamento galante subito dopo cena...

Per fortuna, appena la vide, Pierre si alzò, le diede un bacio sulla guancia e le porse le rose. Bianche. Se Laurent, il floro-paesaggista, fosse stato lì, le avrebbe ricordato che era un buon segno. Ma guai a partire in quarta! Pierre era capace di sostenere tutto e il contrario di tutto all'interno di una sola frase, e senza rendersene conto.

Prima di cominciare la cena doveva togliersi quel peso, altrimenti rischiava che il suo stomaco facesse le bizze. Si lanciò: «Non abbiamo avuto il tempo di parlare molto, l'altra volta. Che novità ci sono?»

Che novità ci sono!? Ma che impedita... Non è così che riuscirò a fargli sputare il rospo.

«Che cosa vuoi sapere in particolare? Vent'anni sono lunghi da riassumere, e non tutto è interessante. Ma, se ti racconto la mia vita, anch'io voglio saperne di più su di te, e su Baptiste. Mi sono perso tante di quelle cose che mi piacerebbe recuperare al più presto.»

«Non saprei bene... Per esempio: sei sposato? Che cos'hai detto a Baptiste? Vorrei solo sapere le stesse cose che sa lui, prima di rivederci tutti insieme.»

«Sposato, sì.»

Ca... spiterina! Voglio morire! Lasciatemi soccombere in questo ristorante giapponese ingozzandomi di cibo spazzatura...

«Dieci anni fa ho sposato un'infermiera che lavorava con me all'estero. Eravamo molto presi dalla nostra missione e ci siamo un po' trascurati strada facendo. Dopo sei anni ci siamo separati, non avevamo più gli stessi sogni. Io ormai avevo girato tutte le missioni all'estero, mio padre era malato, ma lei voleva andare in un altro Paese, per un periodo ancora più lungo. Ecco, tutto qui.»

«No, no, no!» esclamò Rose. «Voglio dire: forse non è davvero tutto! Se ho capito bene, la vostra separazione risale a quattro anni fa. In quattro anni ne possono succedere di cose...»

«Mi hai sempre fatto ridere, Rose! Chiedimi direttamente se ho qualcuno, fai prima! E tu, hai qualcuno?»

«Alt! L'ho chiesto prima io: io rispondo dopo.»

«Sì, ho avuto delle avventure, ma niente di serio. E nessuna in vista, o quasi, al momento...»

«Mmh... Questa risposta si può migliorare. Anch'io non ho nessuno di particolare al momento. Sono stata parecchio occupata, di recente.»

«Ah, sì? Interessante... E dunque, che lavoro fai? Non l'ho ben capito quando ne ho parlato con Baptiste, l'altro giorno. Ero sicuro che tu facessi l'infermiera...»

Grrr! Ma che memoria...

«Ehm, no, non ancora, cioè, no. Ma negli ultimi tempi ci ho riflettuto seriamente, figurati un po'... Non dispero. Una carissima amica mi ha fatto capire che, nella vita, non è mai troppo tardi per pensare a se stessi!»

«Ascolta, Rose, ho un piacere da chiederti...»

«Tutto quello che vuoi! Non posso certo rifiutarti niente!»

«Come ti ho già detto, il passato è passato. Non ce l'ho con te per aver scoperto di essere padre dopo diciott'anni, ma c'è una cosa che per me conta molto...»

«Sì?»

«Vorrei riconoscere Baptiste come figlio mio. Non c'è motivo per non farlo. Ho preso informazioni, c'è un po' di burocrazia da sbrigare, ma è possibile. Non volevo dirglielo senza il tuo consenso, chiaramente... Che ne pensi?»

Pronto, Luna. Qui Terra. Rispondete!

Rose era a bocca aperta. Era talmente ossessionata dal fatto che Pierre fosse single che si era scordata la cosa essenziale: quell'uomo era appena diventato padre, a quarant'anni. Era un uomo corretto e di cuore, e voleva fare tutto per bene. Come sempre. Come prima. Quella decisione non era affatto un dettaglio, anzi. Rose non ci aveva nemmeno sperato. E quale regalo più bello di quella «formalità» avrebbero potuto fare insieme a Baptiste?

«Non speravo tanto, Pierre.»

Lui le rivolse uno sguardo intenso e, se non fosse stato per una questione di pudore, le avrebbe detto che non aveva mai dimenticato ciò che aveva nel cuore.

Se avesse avuto il coraggio, le avrebbe detto che non aveva mai smesso di pensare a lei in tutti quegli anni, che se avesse potuto tornare indietro, invece di perderla per banali ambizioni professionali, diciott'anni prima avrebbe aperto uno studio medico in campagna per evitare quella separazione. Sì, se avesse potuto tornare indietro, sarebbe rimasto con lei e insieme avrebbero cresciuto Baptiste, e probabilmente avrebbero avuto altri figli belli, intelligenti e sensibili come lui.

Avrebbe voluto dirle tutte queste cose e stava per prenderle la mano, quando il telefono di Rose squillò...

Vedendo il nome di Baptiste e il loro famoso selfie comparire sul monitor, il cuore di Rose saltò un battito. Aveva uno strano presentimento. Di nuovo.

«PRONTO! Mi senti!? Ci sei?»

«Sì! Sì! Sono qui! Che succede?»

«Jessica ha partorito. Siamo all'ospedale americano. Adesso le visite non sono più autorizzate, ma in via del tutto eccezionale la dimettono domani. Mi farebbe piacere se tu venissi a farci visita a casa dei genitori di Jessica. Puoi chiamare Pierre per avvertirlo? Sarei contento se venisse anche lui. Diciamo domani, alle due? Ti mando un messaggio con l'indirizzo.»

Ridendo e singhiozzando insieme, Rose lasciò esplodere la gioia e il sollievo che provava.

«Va benissimo, amore mio! Sono felicissima.»

Fu Rose che alla fine prese la mano di Pierre, con gli occhi pieni di lacrime e un grande sorriso che le illuminava il viso.

«Il bambino è nato, Pierre. E andremo a conoscerlo insieme!»

60

Una vaga voglia di cioccolato

Lili rideva come una matta da più di dieci minuti. Rose non riusciva a farla smettere, e la cosa stava diventando offensiva.

«Bene, adesso calmati! Ho solo detto che abbiamo cenato insieme, tutto qui, non c'è altro da aggiungere. Ci vediamo domani a casa di Baptiste. E questo è quanto!»

«'Tutto qui'? Non vorrai farmi credere che aver rivisto l'unico amore di tutta la tua vita non ti abbia fatto né caldo né freddo... Raccontalo a qualcun altro, tesoro! Quanti chili hai perso nell'ultima settimana?»

«Che ne so... Due, forse. Perché?»

«Innamorata, vostro onore! Ecco il suo crimine!»

Lili riattaccò a ridere di gusto, davanti al broncio di Rose.

«Vedrò Jessica per la prima volta e ho bisogno di te per non fare delle gaffe. *Please!*»

«Che poliglotta! A quanto pare sei pronta per domani, con tua nuora...»

«Oh, accidenti, sono talmente nel panico che mi ero dimenticata che mi tocca pure parlare in inglese. Sembrerò ridicola, accanto a Pierre e a Baptiste! Ma perché, Dio mio, devo sempre ficcarmi in situazioni assurde?»

61

Soldino di cacio

ROSE era stressata all'inverosimile. Il giorno che attendeva da mesi era finalmente arrivato. La giovane nonna stava per stringere tra le braccia il neonato. Stava per sentire il profumo del suo collo morbido, per ricoprire di baci le sue manine.

Le più grandi prove a volte si risolvono con una facilità sconcertante.

Come al solito, Rose non era riuscita a chiudere occhio per tutta la notte, era troppo impaziente e preoccupata. Baptiste aveva organizzato tutto con semplicità: Rose e Pierre si sarebbero incontrati a casa dei genitori di Jessica, che però non sarebbero stati presenti. Una conoscenza per volta: prima Jessica e il piccolino, poi avrebbero compiuto i passi successivi. Persino Mercurio e Giove erano d'accordo con quell'avvicinamento a due tempi.

La villa in cui abitavano Jessica e la sua famiglia si trovava nella zona ovest di Parigi, non molto lontano dal *Racing*, il circolo esclusivo tanto caro a Véronique. Il palazzo era gigantesco. Rose era uscita dalla metropolitana e poi aveva proseguito a piedi. L'accordo con Pierre era di incontrarsi dentro. Ma, una volta davanti all'alto cancello, si rese conto che avrebbe dovuto camminare quasi altrettanto all'interno del parco privato.

Tra le mani stringeva un pacchettino, il suo regalo per il piccolo. Non voleva rischiare di non celebrare adeguatamente l'evento. Voleva regalare qualcosa anche a Jessica, però aveva dovuto scervellarsi parecchio. Si era data un sacco da fare, si era chiesta quali potessero essere i loro punti in comune e alla fine aveva preparato un dono semplice, che potesse colpire nel segno.

Stava per suonare il citofono, corredato di una telecamera di sorveglianza, quando il cancello si aprì da solo. Rose aveva osservato da vicino l'esistenza di famiglie benestanti, ma stava accedendo a un mondo di un livello superiore. Perché doveva confrontarsi con gente di cui non sarebbe mai stata all'altezza? Però era disposta ad accettarlo, se almeno il figlio e il nipotino avevano la fortuna di poterne approfittare, pur mantenendo i piedi per terra.

Più si avvicinava, più il palazzo assumeva proporzioni smisurate. Quante stanze avrà avuto? E quante persone di servizio? Mentre saliva i gradini della scalinata esterna, una berlina nera si fermò dietro di lei. Ne scese un uomo elegante e profumato: Rose riconobbe Pierre, tutto in ghingheri. Aveva un sorriso nervoso. Rose si commosse nel vedere che anche il padre di suo figlio era agitato.

Lui la guardò e le disse: «Pronta a incontrare la 'nostra' famigliola?»

Pierre la prese sottobraccio e proseguirono insieme nel vestibolo, dove troneggiava un gigantesco albero di Natale, decorato con molto gusto. Davanti a loro comparve Baptiste, reggendo tra le braccia un neonato addormentato. Era magnifico e sereno.

«Vi presento Justin», disse il giovane papà muovendo la manina del piccolo. «Accomodatevi su queste poltrone. Vuoi prenderlo in braccio?» propose a sua madre.

Rose, raggiante di felicità, si avvicinò alla testolina biondo veneziano. Justin non oppose resistenza e Rose sentì immediatamente farsi largo un singhiozzo.

Non devo piangere, almeno non subito. Altrimenti Baptiste mi prenderà in giro e, soprattutto, rischierò di spaventare il piccolo...

Si guardò intorno. Pierre e Baptiste si erano appena salutati con un lungo abbraccio. Un gesto da padre, naturale, come se l'indole paterna fosse sempre stata presente in lui, da qualche parte. Cinse le spalle di Baptiste e disse semplicemente: «Felicitazioni, ragazzo mio!» Era bello vederli così, insieme: due mondi che lei aveva sempre conosciuto separati si riunivano per la prima volta davanti ai suoi occhi. Per il meglio, perché il peggio era già passato.

Rose capì che la loro vita non sarebbe più stata la stessa. Che a trentasette anni era nonna, definitivamente nonna! Quell'esserino era perfetto e lei, tenendolo tra le braccia, pensò a tutte le traversie superate; si disse che, per apprezzare quella felicità, ci voleva proprio una simile perfezione. Fu un momento di sentimenti intensi.

Forse alla fine i pianeti si erano allineati. O forse no. Non le interessavano più i pronostici. Le cose più belle che capitano nella vita molto spesso sono inattese.

Baptiste riprese la conversazione con una battuta: «Pierre, non te la prendi se non ti chiamo 'papà', ma direttamente 'nonno'? Sto scherzando, sono contento che tu sia venuto.»

Rose sorrise, in silenzio. *Stai zitta. Non rovinare*

tutto. Diciott'anni, e ancora aspettava il suo «mamma». Pierre ancora non ne aveva diritto, era più che logico. Bisognava lasciare tempo al tempo: le cose sarebbero venute spontaneamente.

Justin aveva un profumo fantastico. Rose gli bisbigliava parole d'amore all'orecchio, poi scivolava verso il collo per dargli grandi baci con lo schiocco: il piccolo sembrava sorriderle. Rose era in visibilio.

Dopo qualche minuto in cui ebbe l'impressione di essere sola al mondo con il più bel regalo che la vita potesse farle, la giovane nonna finalmente si rese conto che non aveva ancora salutato la giovane mamma inglese. «Dov'è Jessica? Mi piacerebbe tanto conoscerla. E so bene che non è ancora Natale, ma ho dei regalini per voi tre.»

«Anch'io ho un pensiero», aggiunse Pierre, «ma devo ammettere che è solo per te, Baptiste.»

«Aspettiamo Jessica. Arriva tra un minuto, sta finendo di prepararsi. Ah, eccola!»

La ragazza stava scendendo le scale per raggiungerli in salotto. Portava un vestito leggero, lungo fino alle ginocchia, e i capelli ondulati erano sciolti. Era veramente di una bellezza da togliere il fiato. Aveva una vaga somiglianza con l'attrice Jessica Chastain, chiaro che Baptiste non avesse potuto far altro che innamorarsi di lei al primo sguardo. Il parto, per quanto recente, non aveva quasi lasciato segni sulla sua figura, soltanto il viso mostrava qualche traccia di fatica.

Rose porse il neonato a Jessica e ne approfittò per stringerle cortesemente la mano, seguendo l'unico consiglio che le aveva dato sua sorella Lili: «Con gli inglesi, niente familiarità esagerate, all'inizio. Niente baci, solo una stretta di mano decisa e un sorriso sincero. Il tutto accompagnato da un piccolo regalo, che non guasta mai».

«Jessica, come avrai intuito, ecco i miei genitori: mia madre, Rose, e mio padre, Pierre. È una novità assoluta per me vederli insieme e mi fa molto strano. Ma sono davvero contento che siate qui, tutti e due», fece le presentazioni Baptiste.

«Anche a me», si affrettò a dire Jessica in un francese da Jane Birkin. «So quanto Baptiste ci tenesse e vi ringrazio di essere venuti.»

«Piacere nostro, a essere sinceri», rispose Pierre. «Abbiamo dei regalini per voi tre. Siamo un po' in anticipo rispetto a Natale, ma credo che Justin non si formalizzerà. Cominciamo?»

Rose porse per primo il pupazzetto destinato al nipote. Jessica, nel vedere il coniglietto morbidissimo, ringraziò la suocera.

«Non è tutto. Ho una cosetta anche per lei, Jessica, da aprire insieme a Baptiste. *If I may, can I hold Justin in the meantime?*» bisbigliò in un soffio. «Posso prenderlo in braccio?» si affrettò a ripetere, convinta che nessuno l'avesse capita.

Rose strinse Justin e porse un pacchettino rettangolare a Baptiste, che la fissava sconcertato.

«Ma da quando parli inglese così!? Lavori per una famiglia straniera?»

Rose arrossì: «No. Visto che Jessica parla inglese, era necessario che la nonna migliorasse il suo livello, per lei e presto anche per Justin... E poi ho avuto un po' di aiuto... Allora, questo regalo?»

«A occhio e croce somiglia a un libro», valutò Baptiste.

«Aprilo e vedrai!»

Baptiste strappò la carta e scoprì quello che in effetti sembrava un romanzo. Ma quando lo sfogliò restò a bocca aperta. Foto, foto e ancora foto! Di lui, a tutte le età.

Un neonato nella vasca, un bambino nel girello, un allievo diligente sulla panchina davanti a scuola, poi in vacanza al mare o in viaggio a Londra, con il Big Ben sullo sfondo, un adolescente con Freddy, Thierry e Willy, i suoi amici, e poi già grande, in giacca e cravatta, al suo ingresso alla scuola alberghiera.

«Non sapevo che avessi tutte queste foto!»

«Ho fatto l'album da un pezzo, era per i tuoi diciott'anni, però poi non c'è stato tempo… Ma sapevo che ti avrebbe fatto piacere. Neanche ti ricordavi più la tua faccina da bimbo!»

«È assolutamente fantastico. Se possibile, Rose, vorrei tanto averne uno anch'io», disse Pierre che, pagina dopo pagina, vedeva suo figlio crescere.

«Sì, l'ho lasciato da Lili, ma ne ho uno anche per te. Bisognerà continuarlo, dato che la famiglia si è allargata.»

«È un pensiero proprio gentile da parte sua!» aggiunse Jessica.

«Visto che si parla di recuperare il tempo perduto, anch'io ho un regalo per te, Baptiste. Spero sinceramente che ti piaccia. Bene, mi fermo qui, altrimenti temo che mi scappi una lacrimuccia…»

Baptiste prese la busta che gli porgeva Pierre. Aprì il foglio che conteneva, lo lesse, poi alzò gli occhi sgranati: «È un atto di riconoscimento di paternità. Fai sul serio? Ho ufficialmente un padre?»

«Sì, se sei d'accordo, ovvio…» aggiunse in tono esitante Pierre.

Baptiste schizzò in piedi e abbracciò con tutte le sue forze l'uomo che tanto desiderava far entrare nella sua vita. Quel padre che gli era tanto mancato!

«Anche noi abbiamo una cosa da chiedervi...» disse il ragazzo. «E spero che stavolta, *mamma,* non ti venga un mancamento... Tu e Pierre non dovete prendere impegni per il prossimo 15 maggio... perché Jessica e io ci sposiamo!»

Rose sfoggiava un sorriso beato. L'annuncio del matrimonio non era nemmeno arrivato al cervello. Aveva un ingorgo di emozioni nel cuore e voleva assaporare quel momento unico, magico nella vita di una madre. Suo figlio l'aveva appena chiamata «mamma» per la prima volta.

62

Il meglio deve ancora arrivare

ROSE era a casa di Pierre. Era il veglione di Capodanno e i canti di Natale giocavano i supplementari alla radio. I giovani nonni avevano la responsabilità di badare a Justin per tutto il weekend. Rose avrebbe preferito passare la serata in un terreno più neutro, per esempio da sua sorella, ma Lili aveva un appuntamento galante.

Jessica e Baptiste avevano deciso di concedersi un po' di tempo da soli, per la prima volta dopo la nascita del bambino, e avevano chiesto il loro aiuto, dato che i genitori della ragazza erano in viaggio per un giro di addio del direttore generale nei suoi svariati hotel sparsi per il mondo.

Rose si era messa ai fornelli e, a fine cena, Pierre aveva fatto un'osservazione che lei non si era mai sentita dire: «Mmh, squisito! Non mi ricordavo che tu cucinassi così bene».

«Stai scherzando, non è niente, una semplicissima orata!»

Grazie, Colette! Avevi ragione, mia fatina buona!

Dopo cena, da vero gentiluomo, Pierre le aveva lasciato il letto e si era sistemato sul divano. Se le avesse parlato di buoni propositi, lei gli avrebbe risposto che non era mai stata capace di mantenerne neanche uno.

Plutone può confermarlo...

Rose non aveva chiuso occhio tutta la notte.

Ecco la dimostrazione: alle 4.53 sono ancora sveglia!

Non avrebbe saputo dire se fosse per il compito importante di occuparsi del piccolo, per la vicinanza del suo primo amore che dormiva nella stanza a fianco o per l'enorme responsabilità che avevano davanti la nuora e il figlio. Certamente era un mix di tutte e tre le cose.

La valanga di buone notizie di quelle ultime settimane contrastava talmente tanto con la serie di catastrofi dell'anno prima che Rose aveva l'impressione di sognare. Baptiste e Jessica stavano per prendere in mano la gestione di uno degli hotel parigini del padre di lei, che aveva piena fiducia in loro. Rose si rendeva conto, ammiratissima, del coraggio e dell'audacia con cui Baptiste si era fatto accettare, con cui aveva dato prova del suo valore e delle sue capacità. Era così fiera di lui!

Il vantaggio della situazione professionale della giovane coppia era che lei non avrebbe più dovuto preoccuparsi né del futuro né delle finanze di suo figlio, e neppure pensare di abbandonare la scuola da infermiera, che aveva appena ripreso.

Le cose non erano state sempre così facili. All'inizio i genitori di Jessica, un po' come Rose, non avevano visto di buon occhio la gravidanza prematura della loro unica figlia e nemmeno il suo amore per uno «che contava meno di niente», certamente un arrivista. Sulle prime Baptiste e Jessica avevano dovuto cavarsela senza il loro aiuto, e il ragazzo ce l'aveva messa tutta per dimostrare quanto valesse dal punto di vista lavorativo: solo allora i genitori di Jessica avevano finito per accettarlo sotto il loro tetto.

Rose era persa nei suoi pensieri, quando sentì il bebè gorgheggiare. Sarà l'ora del biberon, si disse. La giovane nonna, un po' annebbiata dal sonno, prese in braccio il nipotino. Accanto a lui, nel lettino, c'era Coniglietto. Un gesto simbolico fortissimo per Rose. Mentre sbaciucchiava il collo di Justin (il suo profumo era quel che preferiva di più al mondo), Pierre si avvicinò a piccoli passi, aveva giocato d'anticipo e preparato il biberon. Rose affidò a lui il compito di darglielo. Il piccolo se ne stava beato tra le braccia del nonno, seduto su una poltroncina, e Rose osservò, divertita dalla situazione: «E tu che volevi recuperare il tempo perduto!»

«Siamo una squadra niente male, no?»

«È vero!»

«Potremmo fare squadra per davvero...»

Rose si sentì avvampare.

63

C'era una volta

Colette era arrivata e Rose si commosse alle lacrime nel vederla.

«A un matrimonio in un giardino così bello non si può dire di no!»

Le due donne si gettarono letteralmente l'una tra le braccia dell'altra.

La decorazione delle panche e del pergolato era fantastica. Laurent, il paesaggista, aveva fatto un lavoro grandioso per riempire di fiori il piccolo giardino sul tetto di Colette.

Rose era stressata, voleva che tutto fosse perfetto. Ancora non aveva visto Pierre e si chiedeva che fine avesse fatto. Colette, notando quanto fosse in ansia, andò a prenderla sottobraccio per fare un giretto e raccontarle le ultime notizie. Rose aveva bisogno di distrarsi.

È arrivato il momento di darsi la famosa bella mossa per dimenticare lo stress prima del grande momento.

In casa di Véronique molte cose erano cambiate negli ultimi mesi, dopo che Rose se n'era andata. Se il principio dei vasi comunicanti funzionava davvero, pareva che avesse messo in crisi non poco la famiglia

Lupin. Mentre il soggiorno in casa di riposo aveva riconciliato Colette con il mondo esterno, le cose erano ben diverse per sua figlia.

Dopo che la costruzione del centro di accoglienza per senzatetto era diventata realtà e intere famiglie si recavano tutti i giorni nei prefabbricati in cerca di un pasto caldo, Véronique Lupin si era sentita «contaminata». L'idea la faceva rabbrividire, dal suo divano che non abbandonava più. La Lupin junior aveva una tale paura dei nuovi vicini che si rifiutava di uscire di casa.

Colette, tornata definitivamente all'ovile, non ne poteva più di sentire la figlia lamentarsi, trasalire e urlare, per cui le stava il più possibile alla larga. Si divideva tra il giardino segreto, il caffè di Edgar, il parco di Batignolles e quello del centro medico, dove le misuravano regolarmente la pressione. In quel modo madre e figlia non litigavano più, o quasi…

Il venerdì sera, un weekend al mese, l'anziana signora riceveva un'ospite speciale: Rose. I patti tra loro erano chiari: divertirsi. L'ex dog-sitter arrivava con un piatto cucinato secondo una ricetta di Colette (e spesso veniva ripresa per le libertà culinarie che si prendeva), che preparava invece il dessert. L'unico vincolo era che fossero specialità francesi, capaci di soddisfare l'ospite particolare che le due donne aspettavano per l'occasione: una couchsurfista, sempre una tipa fuori dal coro, scelta dalla padrona di casa!

Così Rose faceva progressi con l'inglese, e ormai non aveva più paura di lanciarsi né di commettere degli errori. Sapeva di farsi capire.

Pierre non era mai invitato alle loro serate, e così avevano l'opportunità di parlare di lui, dei pettegolezzi del quartiere, che interessavano sempre più a Colette

– lei stessa ne raccoglieva parecchi –, di Lili e dei suoi ultimi capricci, di Baptiste e del piccolo Justin che parlottava in due lingue.

La cosa più stupefacente era il fatto che Colette si fosse affezionata a Pépette. Rose aveva piacere a rivedere la bestiola una volta al mese, tenendosene lontana per via delle sue allergie. Eppure, per quanto riguardava il cibo, la Lupin senior non era molto meglio della figlia. Se Rose era riuscita a regolarizzare la dieta di Pépette, adattandola ai bisogni canini, Colette cucinava tutti i giorni per due…

64

E vissero felici e contenti

GLI invitati presero posto nel giardino sul tetto. Quel matrimonio intimo prometteva meraviglie: il sole non mancava all'appuntamento, gli invitati erano elegantissimi, il piccolo Justin un amore con la sua polo bianca e i pantaloncini beige. E Pépette, che aveva messo su peso, aveva trovato un cuscino su cui accasciarsi: evidentemente non aveva in programma di esibirsi nei suoi numeri da circo...

La cerimonia stava per iniziare e si sedettero anche gli ultimi invitati. Gli amici più cari, ovvero i negozianti di Batignolles, erano ovviamente presenti. Rose era in piedi al fianco della sorella. Dall'altro lato, Pierre e Baptiste stavano sull'attenti. Rose era sotto stress, ma non voleva darlo a vedere.

Lili faticava a restare seria e la stuzzicava. «E se lui dicesse 'no'?»

«Non parlare di disgrazie, Lili!»

«Sai che sto pensando davvero al matrimonio?»

«In che senso?» chiese Rose, perplessa.

«Be', per me! D'altronde Edgar non sembra contrario...»

«Ehi, andateci piano, piccioncini. Vi frequentate da

appena sei mesi. Con tutti i divorzi di cui ti sei occupata in studio, non ti sono passati gli ardori?»

«Sono più ardente del vulcano *Eyjafiolla*... o come diavolo si dice.»

«Anche in camera da letto?»

Lili le rivolse il sorriso più malizioso del mondo e prese di soppiatto una tartina al foie gras. «Non mi riferivo a quello, anche se non posso negarlo. Mmh, mi ero scordata quanto sono buone queste sfiziosità... Dài, l'ultima e poi la smetto. Rose, mi pare che ti stiano chiamando...»

Baptiste si stava sbracciando verso di loro, mentre il piccolo Justin faceva cucù con le mani: sembrava che indicasse le uscite di sicurezza di un aereo.

Troppo carino! Il mio cocco prediletto, non saprei nemmeno dire quanto lo adoro.

«Mamma, vieni per la foto di famiglia!»

A Rose sembrava ancora strano ritrovarsi con Pierre accanto al *loro* Baptiste. Alla sua sinistra, Baptiste teneva in braccio il figlio, fiero come un pavone; ai lati i giovani nonni. La famiglia di Jessica aveva subito accettato quel matrimonio discreto in Francia, perché avevano comunque previsto una seconda, grandiosa cerimonia nella loro villa in Inghilterra.

Nella loro squisita semplicità i genitori di Jessica avranno di certo invitato tutto Buckingham Palace!

Alle nozze oltremanica, Rose e Pierre erano ovviamente invitati, e in quell'occasione lei avrebbe preso l'aereo per la prima volta. La angosciava più quello che l'idea di dover usare la lingua di Shakespeare per tutto il weekend, dato che ormai la padroneggiava sempre meglio.

Pépette girava intorno alla torta. Rose le lanciò

occhiate minacciose, ma la charlotte alle fragole che aveva preparato con le sue mani faceva veramente troppa gola a quella famelica palla di pelo, che aveva la memoria corta. Rose non aveva potuto fare a meno di scegliere proprio quel dolce pensando a Véronique, che non era stata invitata ma che, in effetti, non era lontana. La bestiola prese lo slancio e… si spiaggiò sull'orticello di Colette. Il botolo era fuori allenamento, da quando Rose aveva di meglio da fare.

Colette allora si fece avanti per dare una rapida pulita al volpino – non si perdono tanto facilmente le vecchie abitudini –, prese il tubo di gomma e annaffiò la bestiola ricoperta di terra, che schizzò via alla velocità di Usain Bolt. Rose non l'aveva mai vista correre così veloce, ai tempi in cui facevano insieme il giro dell'isolato. A quanto pareva, passare da quella matta di Véronique a quella mezza svitata di Colette le aveva fatto bene.

Quando la seduta fotografica fu terminata, Lili si avvicinò alla sorella e le bisbigliò: «Pierre non è troppo geloso del pupazzetto che tieni a letto?»

«Coniglietto di questi tempi sta un po' sulle sue, quindi va bene.»

«E stavolta non hai dimenticato di informare il padre?»

«Di cosa parli?» rispose Rose.

«A me non la fai! Allora? Non vuoi proprio dirmelo? Maschio o femmina?»

Rose le fece la linguaccia, poi guardò con tenerezza Pierre che rideva alle battute del figlio. Con un sorriso enigmatico rispose soltanto, toccandosi la pancia: «Ehi, vacci piano! Questa è un'altra storia…»

E per finire…

DAL momento che spesso le ultime parole di una lettera sono le più belle, poiché sono scritte con il cuore, queste frasi sono rivolte direttamente a voi lettori e al tempo stesso a qualcuno in particolare, a qualcuno che avrebbe potuto suggerirmi ogni parola di questo romanzo.

Questa storia ce l'ho in testa da un pezzo. Se alcune idee non sono cambiate, molte novità mi hanno accompagnata nella stesura di questo libro: Gaspard, mio figlio, il comodo divanetto della *Pâtisserie des Rêves* di Milano, un sottofondo di musica jazz, qualche fetta di torta al limone o di *Galette des rois*, litri e litri di acqua gassata e tonnellate di cappuccini con la schiuma a forma di cuore.

Nel frattempo è arrivato il successo imprevedibile di *Mémé dans les orties* in formato tascabile, corredato delle migliaia di messaggi commoventi che mi avete inviato. Potrei scrivere centinaia di romanzi grazie a tutto l'amore che mi riservate. Continuate a farlo, per favore. Piango, rido nel seguire la vita segreta dei miei romanzi tra le vostre mani. I miei libri sono come bottiglie gettate in mare alle quali capita di vivere peripezie straordinarie, ma è grazie alle vostre mail che scopro, per esempio, che diventano il primo libro della vostra vita, quello che vi ha fatto entrare in una vera libreria, quello che leggete per fare il dettato ai vostri figli, quello che vi riconcilia con la lettura o con i parenti. Sono commossa e fiera di voi. Non riesco più a rispondere a ogni messaggio nei periodi in cui scrivo, ma vi assicuro che li leggo tutti (l'indirizzo mail che avete è lo stesso che usano mia madre e la mia editor per contattarmi, ed è nel mio interesse dar loro di tanto in tanto un segno di vita).

Il mio primo grazie è naturalmente rivolto a tutti quelli che mi accompagnano in questa incredibile avventura: mio marito, i miei figli, la mia editor Alexandrine Duhin, le redazioni di Fayard e di Livre de Poche, i librai e i miei adorabili lettori.

Questo romanzo si propone come un momento di pausa, un ringraziamento particolare in questo mondo che va di fretta. Una battuta d'arresto per tornare a concentrarsi su quello che è importante e comunicare con le persone che contano veramente.

Ho scritto questa storia sul rapporto madre/figlio mentre ero incinta, e oggi il mio piccolo Gaspard ha dieci mesi e sei denti. Cresce alla velocità della luce. Invece, del mio grande, Jules, che ha quasi cinque anni, meglio non parlare: è già un teenager che passa ore e ore in cameretta, con i suoi libri e la sua musica. Cerco di sfruttare al massimo ogni minuto con loro ma, per via del lavoro, non ci riesco sempre. Il tempo vola così in fretta!

E allora mi sono chiesta: come la prenderò quando i miei uccellini lasceranno il nido, quando saprò che mi restano solo pochi mesi da trascorrere sotto lo stesso tetto con loro? E se addirittura giocassero d'anticipo sulle mie previsioni e se ne andassero prima che io sia pronta? È un'esperienza che ancora non ho vissuto, ma che una persona a me cara ha provato con me.

Devo molto ai miei genitori, in special modo per i valori semplici che mi hanno trasmesso; ogni storia che mi coinvolge e che condivido con voi è nata dall'educazione che hanno avuto cura di darmi.

Proprio come Baptiste, io non ho mai chiamato «mamma» mia madre. La ragione era banale: anche lei era una tata che voleva fare le cose per bene, senza privilegiare la figlia rispetto agli altri marmocchi.

È a lei che dedico questa storia di amore filiale, la storia di una seconda chance. Grazie per avermi educata bene, per aver fatto sì che né a mio fratello né a me mancasse mai nulla (è sicuramente per questo, d'altronde, che lui è ancora in pianta stabile a casa), per avermi responsabilizzata molto presto (un'arma a doppio taglio... fa venire un pessimo carattere!), per avermi inculcato l'importanza del denaro e di una buona educazione.

Dal momento che ci sono cose più facili da scrivere che da dire, vorrei scusarmi per tutto quello che non ti ho detto. Scusa se non sono disponibile quanto vorresti, se mi sono trasferita lontano, se ti tengo sveglia perché ancora ti preoccupi per me, scusa se non sono abbastanza paziente, se ti correggo quando dici «acqua pizzichina», se passo poco tempo in vacanza con te, e anche se ti do, a volte, l'impressione di aver desiderato una vita più bella.

Sono cresciuta, sono mamma e adesso sono io a dire «acqua pizzichina» (e non solo con i bambini). Ricordati che questo romanzo è anche la storia di una seconda chance, un monito a non arrendersi mai, nemmeno quando si vede il bicchiere sempre mezzo vuoto. E se ci fosse una vita dopo il peluche per mamme?

Qualche giorno fa Jules mi ha mostrato l'ombelico e mi ha domandato se anch'io ne avessi uno. Si chiedeva, incuriosito, a cosa servisse. Stavo per rispondergli in maniera molto terra terra, ma poi mi è parso più bello dirgli semplicemente: «Perché tu possa conservare sempre una traccia della mamma, sempre con te, anche quando lei non c'è».

Grazie di tutto, mamma.

Per contattare l'autrice:
aurelie.valognes@yahoo.fr

L'autrice

AURÉLIE VALOGNES abita a Dinard, in Bretagna, ma ha vissuto anche a Milano. Ha sempre desiderato diventare scrittrice, ma ci è riuscita soltanto a trent'anni, quando, per seguire il marito in Italia, ha dovuto lasciare il lavoro e reinventarsi le giornate. Il suo primo romanzo, autopubblicato, ha avuto un successo straordinario, al punto da essere notato e conteso dai più importanti editori. Oggi ha all'attivo sette romanzi, tutti bestseller, tradotti in oltre quindici lingue. Con 4 milioni di copie vendute, ha conquistato la Top 5 degli autori di maggior successo in Francia e *Livres Hebdo* l'ha definita «la papessa della narrativa popolare». *Non c'è rosa senza spine* è stato consigliato da Radio Monte Carlo come libro dell'estate 2020. Sempre per Sperling & Kupfer ha pubblicato *Prendila come viene.*

L'autrice

Aurélie Valognes abita a Dinard, in Bretagna, ma ha vissuto anche a Milano. Ha sempre desiderato diventare scrittrice, ma ci è riuscita soltanto a trent'anni, quando, per seguire il marito in Italia, ha dovuto lasciare il lavoro e reinventarsi le giornate. Il suo primo romanzo, autopubblicato, ha avuto un successo straordinario, al punto da essere notato e conteso dai più importanti editori. Oggi ha all'attivo sette romanzi, tutti bestseller, tradotti in oltre quindici lingue. Con 4 milioni di copie vendute, ha conquistato la Top 5 degli autori di maggior successo in Francia e *Livres Hebdo* l'ha definita «la papessa della narrativa popolare». *Non c'è rosa senza spine* è stato consigliato da Radio Monte Carlo come libro dell'estate 2020. Sempre per Sperling & Kupfer ha pubblicato *Prendila come viene.*

Della stessa autrice

Prendila come viene

Certificato PEFC

Questo prodotto è realizzato con materia prima da foreste gestite in maniera sostenibile e da fonti controllate

PEFC/18-31-226

www.pefc.it

Sperling & Kupfer usa carta certificata PEFC
che garantisce la gestione sostenibile delle risorse forestali

Finito di stampare presso Grafica Veneta
Via Malcanton, 2 – Trebaseleghe (PD)